U0783363

○当代藏族女作家散文自选丛书

玉树笔记

YUSHU BIJI

梅卓 著

青海人民出版社

图书在版编目（ＣＩＰ）数据

玉树笔记 / 梅卓著 . -- 西宁 : 青海人民出版社，
2021.1
（当代藏族女作家散文自选丛书）
ISBN 978-7-225-06076-7

Ⅰ . ①玉… Ⅱ . ①梅… Ⅲ . ①散文集—中国—当代
Ⅳ . ① I267

中国版本图书馆 CIP 数据核字 (2020) 第 218901 号

当代藏族女作家散文自选丛书

玉树笔记

梅卓　著

出 版 人　樊原成
出版发行　青海人民出版社有限责任公司
　　　　　西宁市五四西路 71 号　邮政编码 : 810023　电话 :（0971）6143426（总编室）
发行热线　（0971）6143516 / 6137730
网　　址　http://www.qhrmcbs.com
印　　刷　陕西龙山海天艺术印务有限公司
经　　销　新华书店
开　　本　850 mm × 1168mm　1/32
印　　张　8.25
字　　数　140 千
版　　次　2021 年 4 月第 1 版　2021 年 4 月第 1 次印刷
书　　号　ISBN 978-7-225-06076-7
定　　价　42.00 元

版权所有　侵权必究

目　录
Contents

黄金、羔皮和鹰一样的舞步

　　在三江源头，有这么一些人仍然沉醉在发现美、追求美、呈现美的过程中，并在实践中把这种精神产品转化为物质的、可见的，使之成为文化多样性的载体，从而传递着历史的记忆、传统的认同、族群的精神、审美的流变。他们带着自然界的灵感，带着天赋，带着口耳相传、父业子承的自觉，连接起一条条民族文化的链条，而闪现在这些链条上的光点，正是珍贵的非物质文化遗产的传承人。

一

当看到黄金交错镶饰的藏式腰刀和腰带时，我不由得感叹艺人手工的精致与华美。享有盛誉的玉树腰刀以安冲出产为最，据说制作安冲腰刀的传统手工艺已经传承了 500 年之久，2009 年，文化部将国家级非物质文化遗产传承人的荣誉颁予了龙多然杰。

我们在一个雨天拜访了龙多然杰。这位老人在 1948 年的夏天出生于安冲乡拉孜村，因为是家中独子，父母将之视若珍宝。彼时，太爷的锻造手艺已声名远扬，果洛、昌都、甘孜、阿坝一带的许多客人慕名前来订购，但真正形成规模是在改革开放后，安冲乡成立社办企业，以他的父亲为首来主办，教授了许多弟子。

龙多然杰 13 岁时开始学习这项手工艺，从制作铆钉和铃铛入手，逐渐掌握了锻造技术，许多白铜、黄铜材料在他的反复练习中终于呈现出想要的模样，铁锤、铁钳、钢凿、钢剪等工具的使用也终于得心应手。到 16 岁时，父亲才把黄金和白银材料交到他的手上，当他打出第一把银质镶金的腰刀时，那种喜悦和满足感从此一直伴随着他。

在父亲的耐心指导下，这位第五代传人已经完全继承了家族技艺和荣誉，在他盛年时达到了炉火纯青的地步，锻造技术在康区无人能及，更何况以诚信为本的品质为他赢得了长久的市场，直到今天，省外至乃国外的客人还在不断地送来订单。

龙多然杰老人坐在他狭小的工作室里，燃起了木炭。叮叮当当的敲打声响起来时，他慈眉善目的表情就仿佛听到了悦耳的音乐一样。工作台上摆放着一些已经完工的女式腰带、藏刀、火镰盒，镶嵌着红珊瑚和绿松石，在黄金叶片的衬托下尤为夺目。

早就听说龙多然杰的作品花纹雕镂细致，立体感强，尤其是他制作的藏刀长度、宽度、弯度都恰到好处，佩戴起来舒适，使用起来方便，不但外形美观、工艺精致，而且结实耐用。他手中制造出的工艺品，金、银、铜、铁等材料都要选最好的，他说保证材质是保证质量的基础，他从不会以劣充好。

老人记忆中最喜欢的是做给儿子的两把刀子，当时在花纹的设计上做了一些创新，印象最深，我想也是用情最深的缘故吧。他与夫人拉要生育了七个子女，虽然也想过要传承这项技术，但孩子们接受教育后都从事了其他工作。他不停地摩挲着衣袖，目光中流露出一些遗憾。他说，好在也有不少学生前来学习，他会倾其所有，把看家本领都教授给他们，不能让传统工艺就这么失传。如今，他已专心教过 23 人，学生的学生已有上百人。老人对未来还是充满了信心：将来工艺会创新，技术会进步，传统文化向前发展大有余地，且随着生活水平的提高，装饰品还是大有销路。

二

在结古镇木他梅玛山下，我们费了些周折，终于找到团结巷 118 号的门牌，拜访了旦增多杰老人。

这位民族传统服饰制作的传承人，翻出几个黑色提包，拿出户口簿让我们看，他 1946 年 11 月出生于仲达乡塘达村塘龙社，15 岁时师从父亲学习裁缝手艺，实际上在这之前他已经对这项工作怀着深厚的兴趣，父亲以此养家糊口，家境不错。

旦增多杰老人的客厅里摆放着一些腰带、藏靴的成品、半成品，以及一些金属的缝纫工具，阳光从东面的窗户照射进来，洒在略显破旧的沙发上，扶手上静静地躺着一支转经筒，隐约能听到山上结古寺传来的诵经声。老人患有比较严重的哮喘病，但一说到钟爱的服装，他的眼神里就充满了热情的光芒。

他的家从仲达搬到结古已经有些年头了，因为孩子们要上学读书，另外也需要更大的服装定制市场，那时他的名气足够一年忙到头了，于是产生了传授学生的想法。

第一个学生是安冲人，他们在结古镇偶然相遇。当看到这位下半身瘫痪的残疾人时，旦增多杰顿起恻隐之心，就想帮助他找到生活出路，正好裁缝需要坐着工作，他就萌生了将他收为弟子的想法。那时家中传统是技艺不外传，但旦增多杰还是坚持教他手艺。现在这位学生做裁缝已经做得很纯熟，生活过得也很好。

自那以后旦增多杰就专门教授残疾人，如今已经有五六十位学成后独立支撑门面了。他笑着说，人们不应该小看残疾人，他们实际上聪明伶俐，学习非常快，聋哑人不说话，残疾人不挪窝，可以抓紧一切机会学习，绝不会浪费时间。

他拿出针线包指给我看，这个活虽然小，但需要十足的耐心，精细程度高。他喜欢把这些精细的技术都传给学生，让更多的人受益。

他为别人家做衣物都是精打细算，尤其在裁剪贵重材料时十分小心，绝不浪费一丝一毫，让客人最大程度地节省材料，有的人家最多时一次缝过十套衣服，因此他还能拿到额外的奖金。他指着窗外骄傲地说，周边几里的人家，他们的衣服百分之八十都是他做的。

老人与夫人江永文毛虽生育了 4 个孩子，但孩子们都在外谋生，不靠这个技术生活。老人说，等于这个传统文化要从这个家庭消失了，虽然遗憾，但是还有那么多学生学习到了一定的技能，从这点上说还是感到很欣慰的。

对于现在的年轻人，老人颇有微词，认为他们平时都不穿传统服装，只在过年过节时才当作装饰品来穿，何况加入的时尚元素虽然好看，但根本看不出裁缝的价值。原来的衣服有很多程序，里里外外，缝合接头，要求都很高，现在的衣服不能算正规的藏装，因为技术含量太低。

老人正在手工缝制一件羔皮藏袍，可以看到羔皮的连接处非常平滑整齐。他拿着针线的手黝黑粗糙，骨节变形，正是这双手做过了几万件衣服、几千双藏靴、六七千条腰带，他一生所有的辛苦和劳动都体现在了这双手上。

三

玉树素有歌舞之乡的美称，驰名中外的玉树藏族歌舞，是一部部流动的历史，千百年来流动在玉树这片美丽的土地上。其中新寨的"秋卓"舞蹈独树一帜，有人说当舞者的一条腿抬起准备舞蹈时，观众跑到距离 5 公里外的结古喝杯茶再回到新寨，舞者的那条腿还没有放下，可见"秋卓"具有深沉凝重的风格和严谨深邃的内涵。

今天良辰吉日，

一喜天上照吉星呀，

天上照吉星，

二喜今日缘起不尽，

地上显吉日，

三喜今日跳起幸福的卓，

舞姿优美，

三喜结缘的卓舞呀，

请尽情跳舞。

空中的八辐轮，

呈现在蔚蓝的天空呀，

呈现在蔚蓝的天空。

地上盛开八瓣莲花，

盛开在大地上，

宛如琉璃法轮上，

打开的宝伞。

昂江措老人正是新寨"秋卓"的国家级非物质文化遗产传承人。他于 1945 年 7 月出生在这个古老的村庄，家中有 7 个兄弟姐妹，他排行第五，父母去世时他只有 14 岁。那时，他已经着迷于卓舞，在近乎疯狂的学习、练习中排解着失去亲人的痛苦。

当时村子里有一位卓舞跳得最好的名叫才日的老者，年轻人们都围着他学习舞技。印象最深的是，才日老师常常说"秋卓"的根本要领是舞者一定要沉着，就像大鹰吃饱后走路的样子，因此表演时最佳年龄应该是沉稳成熟的 30 岁以后，切忌轻佻。当年，才日老师教出了一批学生，最多时舞者有 108 人，可以同时上场表演。新寨人对于保持传统文化的自豪感可以从一首歌谣中感知到：

别说我们新寨没有乐趣，

勒阿卓松就是我们的乐趣；

别说我们新寨没有宝贝，

自显嘛呢就是我们的宝贝。

　　"秋卓"的发明者是第一世嘉那活佛，他在 300 年前建成新寨嘛呢石经城的庆典上即兴起舞，据说他一生中编创了 180 首"秋卓"乐曲，可惜大多已失传，现在留下来的仅有 30 多种。

　　昂江措老人从年少时跳到现在，其中的甘苦只有他自己知道，他的夫人笑称他痴迷于卓舞，所有的时间都花在舞蹈上，只要他身体健康，身心愉悦，她就会一直支持下去。

我村山谷上部，

黄色的泉水有一金，

一泉有一金，

黄金般泉水边上，

飞落着八十只金鸟，

金鸟那悦耳动听的鸣声，

迎来了采花的蜜蜂。

老人说，许多歌词和旋律深深地刻在他脑海里了，有时梦里还在舞蹈，这也是积累功德的事业，完整地跳完一整套舞蹈，相当于念诵一亿遍莲花生大师的心咒，甘露和鲜花就会呈现在心中，虽然辛苦，但却是一件十分美好的事情。

"秋卓"只有成年男子们才有资格表演，这种传说中具有降雨威力的舞蹈，在昂江措老人的带领下，常常从日落跳到第二天日出，也跳到了康巴卫视等重要的媒体上，成为展示玉树传统舞蹈的一扇多姿多彩的窗口。

一是祝福不落的日月一样闪烁，

二是祝福南方的云彩一样富裕，

三是祝福天空的繁星一样灿烂，

愿三祝福心想事成。

一是祝福隆隆的雷声一样动听，

二是祝福绵绵的细雨一样凉爽，

三是祝福幸福的卓舞永远跳动，

愿三祝福心想事成……

人间欢喜

一

在那祝福山顶上，

长着巴桑如意树，

如意树的枝端上，

落有印度美孔雀，

孔雀恋着圣树转。

在那祝福山腰上，

长着赞丹檀香树，

檀香树的枝端上，

落有雪山白雄鹰，

雄鹰恋着檀香转。

在那祝福山脚下，

长着秀巴青柏树，

青柏树的枝端上，

落有神鸟青杜鹃，

杜鹃恋着柏树转。

曾在结古住过一段时间，每天早上都到更嘎永措大姐家吃早餐。去了多少次，因为太多，已不记得了，只记得家里的看门狗看到我们进门，也熟悉地摇起了尾巴。

结古在早上 8 点之前是静寂的，老人们都上山转经去了，孩子们还在熟睡，而年轻人因为昨晚的纵情狂欢，才刚刚进入被窝，他们的一天是从中午开始的。

更嘎永措大姐家在镇东一条巷子里，双开大门是铁皮做的，有漂亮的装饰花纹，我轻轻扭开门扣，就进去了。家中有两条狗，一条是看门狗，名叫东智，意思是小海螺；另一条白色的长毛小狗，名叫森智，意思是幼狮，它的头发被一条橡皮筋扎着，竖在头顶上，很酷的样子。森智是大姐的侄女、12岁的德央从西宁带来的。德央说这是一条名犬，有人出价8000元，她还舍不得卖呢，她自称姐姐，对小狗宠爱备至。

大姐是全家起得最早的人，但我通常见不到她，因为她早早就到结古寺转经去了。一般我见到的第一个人是白玛玉珍，她是大姐丈夫的侄女，早在多年前就出家为尼，她所属的寺院远在称多县扎朵乡，但她现在已成为居家的尼姑，在家念经，帮助家里做些简单的家务。玉珍20多岁，短短的头发，穿着枣红色的长袍，时时刻刻都是笑眯眯的样子。她早已将火炉子燃得旺旺的，上面有三把铝壶，分别烧着奶茶和开水。烟囱上方是一支纸糊的嘛呢转经筒，上面贴着彩色的花纹。这支嘛呢转经筒昼夜不停地转动着，火炉上的一点点热气就是它的动力。结古有很多家庭都是这样，让嘛呢转动在家中最温暖的地方。

有时也能遇到大姐的丈夫尼玛扎西，他50多岁了，个头高大，给我的感觉，他比较沉默，后来熟悉起来，他给我讲了许多玉树的风俗。

大姐的侄女名叫索南永吉，学小提琴的，现在开始学作曲，有几支歌曲还挺受好评的。

全家人聚在温暖的厨房里，一边喝着奶茶，吃着糌粑，一边开始聊天。

大姐说现在去新寨嘛呢石经城转嘛呢很方便，州运输公司专门为这条5公里的路开辟了一条运输线，一块钱就到了，转三圈，大约需要一个多小时，转完再花一块钱坐车回来。结古有许多老人都是这样度过每天清晨的。

结古寺在历史的变迁中有很大的变化。据说寺前曾有塔群，为首的是较大的头塔，后面是较小的群塔，塔里装满了擦擦。那时孩子们取出擦擦互相打闹，擦擦中的胎藏是一张张印有经文的卷起来的纸，他们最后以谁获得经文卷多少定胜负。但这些取闹是决不能让家长知道的。有一次塔快倒时，孩子们发现两条蛇，一黑一白，拇指粗细，长有一肘，从塔底窜出。孩子们看见了，用擦擦把蛇击得粉碎。不一会儿，天气大变，鸡蛋大的冰雹从天而降。那时是七八月，孩子们从未见过这样奇异的气候，电闪雷鸣、风雹交加，他们吓坏了，躲在牛棚里待了一天，天黑时才回家。

也有的孩子受传统文化影响，决不用擦擦打闹。有一个叫米玛的孩子王，不允许玩伴们打擦擦，见了嘛呢要转。小孩子们不解其意，头儿让转，就转三圈，再去玩别的。

说到古迹，后来的结古宾馆前面就有一棵古树，是藏柳，粗大到需要几人合抱，树倒不高。从前，树旁有一座庙，是供奉格萨尔的神庙，因此大家都把树称作格萨尔树，很是崇信。树前面还有一眼泉，称作格萨尔泉。那时候大人们在闹"革命"，没有人管理孩子们。孩子们在街上走来走去，没什么好玩，就爬树，但爬上去就要赶紧下来，因为有一个传说，说是人上树后，树下的人绕树转一圈的时间，树上面的人还不下来，树冠就会张开，把人吸进去。孩子们很害怕，不管下来是否会伤着，总会闭着眼睛，鼓足勇气跳下来。现在树虽然还在，但格萨尔庙和格萨尔泉都不见了，可传统的教育仍随着历史的发展而延续着。

扎曲河两岸的孩子们在 20 世纪 70 年代发明了鱼钩，为什么要说是发明，因为他们的祖先从不食鱼类，自然没有捕鱼的工具，但随着外地人的涌入，孩子们明白了可以用鱼去做交易。他们用铁丝做好鱼钩，实际上工具不需要太高的质量，因为扎曲河里的鱼实在是又大又多，钓一条上来，背在肩上，鱼尾巴竟能甩在地上，有时一个钩上会钓上来二三条，自己不吃，也不敢拿回家，怕遭家人斥责，就卖给汉族同学，汉族同学用香烟、水果糖来换，刚换好，上了岸，又让一伙大点儿的孩子们候着，被缴了"粮草"还不算，连鱼钩也收缴了去。到了80年代，外来户多了，河里的鱼也几乎看不到大的了。

二

火把燃着熊熊的光焰，

巨光照亮了三十三天。

欢迎你，新年的岁神，

你带着幸福来到人间。

熊熊的火把高高举起，

巨光照彻了整个大地。

迎接你，新年的喜神，

为人间带来福禄欢喜。

火把之光啊愈燃愈红，

红光染透了半壁太空。

欢迎你，新年的吉神，

横扫一切邪恶，让它们敛迹远遁！

我曾在玉树度过了一个非常有意思的新年。

　　这段时间，我寄居在当戴村的尼央家里。当戴村以虎皮纹地形而得名。尼央约40岁，是典型的康巴美女，椭圆形的脸庞，黛眉黑眸，皓齿红唇，身材修长窈窕，性情温顺平和。她家中有个小院子，院中建有两层小楼的居室，她的丈夫在称多县工作，她则在家里带孩子，过着恬静的生活。他们有三个孩子，大女儿伊西措姆，15岁，在读初中；二女儿美朵兰泽，13岁，也在读初中；小儿子东周诺布，8岁了，在读小学。尼央家还有一位客人，是她的一个清水河的朋友，带着7岁的女儿卡西文姆，寄住已经有一段时间了，这一大家子好不热闹！尤其就要过年了，厨房里的火炉终日燃着旺火，茶几上摆满了各种食品，浓香的奶茶驱走了冬天的寒冷。孩子们试穿了新衣，开始表演节目，伊西措姆声情并茂地朗诵了自己创作的诗歌，学习成绩最好的美朵兰泽性格腼腆，不擅长表演，只是无限欣赏地看着姐姐和弟弟表演着各自的拿手好戏，顽皮的东周诺布模仿港台演员，做出各种帅呆了和酷毙了的亮相姿态，惹得大家一阵阵爆笑。

　　实际上过新年的气氛早在前一个月就已形成，这期间，各大寺院都会有大型法会，感谢平安度过的一年，更为即将到来

的新年祈祷。首先拉开迎接新年序幕的是嘉那嘛呢节。

嘉那嘛呢节是新寨嘉那嘛呢石经城落成的庆典节日，藏语称"嘉那帮群"。据说200多年前，当嘉那嘛呢石经城落成时，虽为隆冬时节，却雷声隆隆、花雨纷纷、彩虹当空，瑞祥纷呈。周围百姓不分男女老少，身着节日盛装，喜气洋洋欢聚在新寨村，举行嘉那嘛呢石经城的落成典礼。嘉那嘛呢石经城的创建者、著名的藏传佛教高僧嘉那道丁桑秋帕文，于喜悦之际创编了节日庆典的舞蹈，这便是现在闻名遐迩的"新寨卓舞"。这天是藏历十二月八日，以后每年的这一天便成了嘉那嘛呢石经城的民间传统节日。如今，嘉那嘛呢节的活动从藏历十二月八日举行到十五日，由新寨村民主持的各种宗教活动和歌舞表演，具有浓郁的民间色彩。节日期间，除了举行宗教活动和歌舞表演，还要开展民间物资交流。现在，随着嘉那嘛呢节的声名远播，参加节日的不仅有来自玉树各地的群众，还有玉树周边地区的群众，数万人游览、朝拜堪称世界之最的嘉那嘛呢石经城，盛况空前，展示了藏传佛教文化植根于民间的独特魅力。

其间，长江上游通天河两岸的人们还要做一件非常有意义的事情，那就是在河中架起"色桑"——通向彼岸之桥。

玉树是长江、黄河、澜沧江三大江河发源之地，由西向东横贯全境，总流域面积为 23.80 万平方公里，占全州总面积的89.12%。另外还有湖泊、地下水、冰川等水资源，溪流纵横、河网密布，为中国乃至亚洲提供了生态安全的屏障。

在漫漫的历史长河中，伴随着人类的进化以及对自然的认识，江河之水由物质的层面升华到精神的境界。水是生命之源，也是文化和文明之源。水具有丰富的文化蕴含和社会意义，不仅给人类带来巨大的物质财富，也为社会创造了宝贵的精神财富。

在玉树，长江、黄河、澜沧江被分别称作"牦牛河""孔雀河""獐子河"，当地人对河流的命名中包含了这片地域的原初样貌：水草丰美，空气清新，动物和谐相处，生物群落丰富，自然环境优美，宛如天上人间……

在这江与河的纵横之地，在这天与地的传奇之乡，在这"一江清水向东流"的美丽家园，人们用"色桑"的方式体现传统文化的观念和愿景，以此来传承民族记忆、维系故土情感，既葆有善良慈悲的内核，又能充分展示团结互助的精神，既歌颂三江之源的无私奉献，又能艺术地呈现高原人民的勤劳智慧和积极乐观的正能量。

水与沙的结合，在长江源头创造出壮观的人文景象，人们赋予水以崇高的精神地位，流水声好似低声吟唱的经文和诗歌，把美好的祝福和虔诚的祈祷还赠给水、大地和自然。

我们乘车离开结古镇，向北行驶近 30 公里，就能看到已经结起厚厚冰层的通天河，玉树人称作"治曲"，在这个季节里以静态的固体的形式呈现在眼前。我们沿着河岸行驶了近百公里，看到了大大小小的各种"色桑"几十条，可见在如此宽阔的河面上架桥，得需要多少人付出热情和劳动。

所谓"色桑"，就是用石块或沙土在冰面上描出经文，连接起两岸。我目睹了一次制作"色桑"的过程：人们在一个开阔平整的河面上，先用铁锹在冰面上描画出"六字真言"的空心纹，然后从远处沙堆里取沙，一袋袋背来，填在空心纹里，以后的几天里太阳的热量会使有沙子的冰面首先融化，洁白的冰面上会出现完全镂空的经文，黑白分明，仿佛上天的杰作。从高岸上望去，这座巨大的文字桥非常壮观。

这是一座具有象征意义的"桥"，架"色桑"的目的不是方便人们通过，而是为了人类的心灵通过这座桥，到达彼岸的极乐世界，也有一说是为了河底的鱼类的解脱。藏族人的观念中，所有的生命都是平等的，人类有责任维系生命圈内所有生命的平等。制作这样的桥是玉树人积德行善的方式，据说是从拉布寺活佛索南则毛二世时开始的。

新年就要到了，热爱生活的人们，正处在热火朝天的准备工作中。

一般腊月二十六开始打扫卫生，首要问题就是扫除烟尘，称之为"德根帕"，然后捏糌粑面团，七个或九个，黏在厨房房梁上，以示迎接吉祥的来临。

腊月二十七炸制食品，有花样繁多的藏式点心，称之为"卡茁"，吃了这些香甜可口的油炸面食，取个吉利，意味着新的一年会有口福。

腊月二十八，男子们、女子们开始沐浴、梳洗，打扮自己。女子们准备新年的礼服，要结小辫子，珍贵的装饰品将在新年到来时穿戴到身上。辫子的个数不讲究，单双也不讲究，头发多就多编，头发少就少编几根，编发从"拦宝"开始，所谓"拦宝"就是后头顶旋出一圆状头发，分成五股编成较粗的独辫，便于固定珠宝布垫，珠宝的缝制一般都差不多，从"洽都"开始，依次为"部西""宇""孜日""宇""孜日"，这种排列将黄琥珀、红珊瑚、绿松石间隔开来，色彩上有层次感，形状上有大有小、有圆有方，非常美观。结古的女子们一般在头顶上饰一颗琥珀的居多，囊谦、杂多的女子们多饰有三颗琥珀，而称多清水河一带的女子们则喜欢戴满头的琥珀，多的有三十余颗。

女子们的腰饰也很讲究，大的腰带称作"夹扎"，牛皮垫底，上面饰有银制或白铜的镂花纹片，前后腰心上镶着一颗大珊瑚，两侧各有一颗绿松石相衬；小腰带称作"居珠"，系在臀部，起到束缚裙摆的作用。玉树人忌讳妇女的裙摆随意开合，据说女子责骂男子时，掀起裙摆即是对男子最大的侮辱。女子们盛装时，左右腰带上要挂上一对"罗朗"，就是奶钩，现在的"罗朗"已经没有过去牧区妇女工作时的工具作用，只是起到装饰效果，因此"罗朗"的制作完全美观化，上面饰有珠宝；"罗朗"的旁边垂下"卡雪"——金制或银制的针线盒，左侧还要系上"直"——玉树女子们喜爱弯型小刀，牛角柄，刀鞘上龙走凤飞，珊瑚点点，很是精美。有的女性还喜欢佩带"巴洽"——打火镰，囊谦一带的妇女还要在"罗朗"之间串起"丝丝"，银制的流苏在前裙下瑟瑟有声，悦耳动听。

男子们的头饰大多以象牙为主，过去玉树男子都要结辫子，长长的辫子称作"当热"，以饰有璎珞——"查洛"为美，玉树以"查洛玛包"——红色璎珞较普遍，而江达、苏莽、德格等康区则以"查洛那包"——黑色璎珞为多，所以从前玉树有"红帽国"之称。辫子盘到头顶上，再以"巴苏铁固"——象牙箍子串起，用"扎松"——银制钩片，上面饰有珊瑚松石，两头有钩，钩住头发，起到固定作用。我喜欢把这种发型称作"英雄发"，看上去潇洒俊气，可惜现在结古不多见了。

玉树男子们的腰带上内容也很丰富，有"改直"——长刀，有"罗直"——短刀，有"巴洽"——火镰，有"达雪"——带子弹的腰带，还有"达拉"——子弹匣，另外还有男子们必不可少的"布日"——权子枪。藏族男子们都要在左手无名指上戴一枚戒指，戴戒指的习俗由来已久，藏族人认为人的身体由三部分组成，"囊需"——灵魂、"拉"——意识、"勒"——肉体，三者组合成一个完整的人，缺一不可，但是人身上的"拉"总是喜欢溜出来，"拉"溜走后人的身体就会受到伤害，因此为了防止它溜走，人们就用铁器等金属做成戒指戴在无名指上，因为"拉"从身体溜走的"道路"只有一条，就是无名指，戴上戒指就可以起到阻断这条"道路"的作用。

玉树男子们喜欢在脖子上戴一颗"髓"——九眼石，也叫天珠。据说天珠是有着高强法力的喇嘛从海中取出，因此非常贵重，过去一般都会献给高贵的人佩戴，现在俗人佩戴不仅能起到装饰作用，还有防病、驱邪的作用。

腊月二十九和三十，结古的人们都要赶到结古寺和当卡寺去看神舞。结古寺神舞的主神是公保护法，当卡寺神舞的主神是阿斯秋吉卓玛护法。

腊月三十下午时，各家各户已将自家的烟尘扫出，扫到离家最近的三岔路口，然后堆成九堆，有方向，意思是驱除不净，保持家庭的纯洁。

这天晚上，大家穿上节日的盛装，扶老携幼地走向篝火晚会的现场。据说过去都是由男子们点燃火把，举着走街串巷，热闹的气氛可见一斑。现在改为晚会，附近几个村庄的年轻人们组成舞队，围着篝火跳舞唱歌，听围观的人说，我住着的当戴村的舞蹈在结古是很有名的。火象征着光明和兴旺，篝火照亮了人们欢乐的脸庞，也照亮了未来的一年。

腊月三十晚上基本上是个不眠之夜。篝火晚会结束后，各家各户门前聚满了孩子们，穿着新装，提着装满了鞭炮的袋子，走来走去等待午夜钟声的响起。男子们看看电视，吃着美食，喝着酸甜可口的青稞酒；妇女们则照顾着一家人的饮食，还要不时用目光圈点一番兴奋得到处乱跑的孩子们。这一夜的主食是"古突"，一种用大米、人参果、碎肉等熬制的稠粥。

此时，一家之主要带领全家人在佛龛前敬水、献灯，要供奉新年的"其玛"，答谢神佛一年来的关照，祈祷新年的平安和吉祥。

　　正月初一清晨，妇女们在四五点时就起床了，因为这天早晨有一项重要的工作需要女子们来完成，那就是去河边打来"嘎曲"——晨星水。早就准备好的水桶已经涂上酥油，系上哈达，女子们背着水桶，争相出门。来到河边时，星光依然照耀着河水，在水面上投下波光粼粼的光点，而那颗明亮的启明星已在天边闪烁，它的清辉倾泻而下，在水中放射出神秘而非凡的光芒，改变了河水的本来面目，使此时的河水变作降自天界的甘露，是流淌着雪狮的纯净乳汁，可净化人间的一切污秽和不祥。勤劳的玉树女子们在河边燃起柏香，答谢了上天赐予的晨星水，背回家，先在佛龛前敬献上神佛，然后在水盆里掺入牛奶，请全家老少洗漱，祝愿全家安康、吉祥。

　　晨星之水中星光灿烂，

　　晨星之水中乳汁芬芳，

　　晨星之水中充满虔诚和敬意，

　　清风明月，

　　顶礼供养，

　　慈悲心欢喜无尽，

酥油灯光照大千。

江河在春天的怀抱中盛大起航，

滋润大地，

万物萌生，

磅礴的气势带来了力量，

带来了幸福和光明，

也带来了新的希望。

　　早餐以后，结古人要到结古寺朝拜，放布施，还要到普索达则山上挂经幡、抛撒风马旗。这一天，要向父母长辈拜年，全家团聚，一起度过新年的第一天，但不能出门访客，也不宜接待外人，亲戚朋友间也禁止互相拜年串门。有些家庭会让家中的读书人读一段《格萨尔》听听。

　　初二以后，开始拜年，大家道一声"洛色松"（新年好），祝福一声"扎西德勒"（吉祥如意），洁白的哈达致以崇高的敬意，醇香的美酒溢出欢乐的时光。

　　初三以后，结古的许多家庭带着柏香和食品，到天葬台去祭祀已经去世的亲人们。

　　巴塘天葬台位于离玉树州府所在地结古镇20多公里的囊

巴昂则佛堂的东南山坡上，占地约 10 亩，主要建筑有大小佛塔数座、小经堂、"转经轮"堂、"更仁"佛堂、施尸台以及供僧俗群众闭关诵经用的几十间房屋。

巴塘天葬台是公元 1100 年由藏传佛教止贡噶举派创始人觉哇久丁桑贡选定的，是康区最大的殊胜天葬台之一，据说是一块在佛经中描述过的"地有八瓣莲花相，天有九顶宝幢相"的风水宝地，至今天葬台中央地下还有"十相自在"伏藏及上、中、下三个坛城等瑞相。因此，千百年来，巴塘、结古等地的信众认为这个地方是进行天葬的理想之地。藏族人认为，在这样远离城镇尘嚣和世俗罪孽的风水宝地下葬，不但使死者亡灵安全度过"中阴"，投生到三善趣，而且会给活着的人带来幸运。

结古人在天葬台燃起柏香，为逝去的亲人，为所有三界的有情生命，也为自己必定要去的将来，投注了巨大的热情。这天煨的桑中有糌粑、酥油、茶叶、水果，还有干净的"嘎、色、玛、君、俄"的五色布。此时，大雪纷飞，天葬场一片白净，茫茫的世界，茫茫的人生，仿佛在这里突然宁静下来，一群群黑鸦扇动着翅膀，它们小巧的红色尖喙发出唯一的声响，在桑烟缭绕的高处，掠过它们转瞬即逝的影子。

三

欢乐的地方真欢乐，

欢乐的地方是结古镇，

妙音的鸟啊真妙音，

妙音的鸟儿是杜鹃鸟，

美丽的姑娘真美丽，

美丽的姑娘是文成公主。

玉树自古是连接西藏、四川、西宁的交通要道，是唐蕃古道的必经之地。

所谓唐蕃古道，就是从唐朝古都长安通往吐蕃都城拉萨的古代通道，它的形成已有1300多年的历史，被视为古代亚洲的三大通道之一。它迂回曲折，绵延千里，就像一条彩虹，穿越玉树，从而使玉树的名胜古迹和风土人情浮出海面，犹如一颗颗光彩闪烁的明珠，串缀出一条佛教文化的风情走廊，可谓多姿多彩，美不胜收。

据藏汉史籍记载，唐贞观八年（634），吐蕃赞普松赞干布派第一批使臣访问长安，唐朝也很快派使臣回访，从此拉开了汉藏友好往来的序幕。唐贞观十四年（640）吐蕃大相禄东赞受命到唐朝求亲，唐太宗李世民审时度势，将宗室女文成公主嫁给松赞干布。翌年，由江夏王李道宗护送，离长安赴逻些（今拉萨），途经天水、兰州进入青海，过日月山，抵柏海（今扎陵湖、鄂陵湖），据说松赞干布亲率人马在此迎亲。而后顺黄河北岸西上，过黄河正源卡日曲，经众龙驿（今译作草陇滩，在玉树州清水河南），渡通天河，在贝纳沟做短暂停留。在贝纳沟停留期间，工匠们雕刻了大日如来等九尊佛像的岩画，后来发展成为佛堂，盛名一时。再往西南行，经藏北黑河，到达拉萨。

文成公主西行路上留下了许多遗迹和传说，最著名的就是大日如来佛堂，藏语为昂巴囊则，俗称为文成公主庙。庙宇坐落在距玉树藏族自治州首府结古镇约 10 公里的贝纳河谷口不远的地方，坐北朝南，背靠巍峨险峻的岩壁，傍临清澈见底、冽如甘露般的清溪，面对灌木滴翠、绿草丰茂、鸟语花香的巴塘山，中间一箭之地，峡谷蜿蜒，砾石遍地。由于贝纳沟环境幽雅清静，风景绮丽多姿，气候温和宜人，当地群众把这里视为玉树高原上难得的"洞天福地"。

文成公主庙里面是一个白粉刷墙、卵石铺地的"凹"形小院，庙门旁有一块不大的石碑，用古藏文简略地记载修筑文成公主庙的缘由和大体时间。

　　小院正面，紧靠岩壁的是三层高的土筑石砌的藏式平顶建筑。这是这座庙宇中唯一的建筑——公主庙堂。庙堂虽说不大，但站在狭小的天井里仰望，庙堂却显得雄伟高大，颇为壮观。公主庙堂设计巧妙，造型奇特，别具一格。庙堂外表共分三层，内部实为一堂。底层是双开的大门，第二层是巨大的双扇藏式窗户，第三层又开一排六扇藏式窗户。这两层窗户平时不能开启，完全是一种独出心裁的装饰。庙宇的窗门和墙壁全部刷成褐红色，天晴日丽时，远望庙宇，红光闪闪，犹如赤霞一片。

　　推开庙门，进入堂内，是三间高敞幽深的殿堂，堂前有两根巨大的方柱直撑庙顶，另有两根巨柱，支撑着正面浮雕佛像下的莲花宝座。

　　在庙堂正上方的岩壁下，浮雕有九尊巨幅佛像。佛像由两只背向伏卧的雪狮驮着，呈莲花宝座状。宝座又由两根粗大的木柱相支撑。莲花座正中，是一尊高约7.3米的主佛像，佛像头戴朝冠，两耳佩有垂至两腮的金环，身着唐代盛装，双手自然交叉，垂放腹前，双腿盘坐。佛像面部五官端正，眉目清秀，双目正视，显得神态端庄稳重，性情娴静慈祥。主佛像头顶上方刻有梵文"六字真言"，头顶后部嵌有象征"光明普照、佛慧无量"的五彩光环。在主佛像的两侧，各有四尊高约4米的侍者佛像立在小莲花座上。这8尊侍者佛像，个个手持宝物，有的手拿莲花，有的手持金刚杵，有的手捧牡丹，有的手托宝瓶，有的手端如意宝石碗，有的手握七星剑，姿态各异，形象逼真，栩栩如生。端坐中间的是大日如来佛，左右分上下两层侍立着八尊菩萨，即普贤、文殊、金刚手、除盖障、虚空藏、观世音、弥勒、地藏菩萨，俗称八大随佛弟子。在主佛与侍佛之间，排列对称协调，整齐有序。整组浮雕佛像，依山就势，安排巧妙，布局合理，构图新颖；人物造型大方，体态丰满，容貌秀美，形神兼备，立体感很强。加之堂内光线暗淡，香烟袅袅，猛看上去，给人一种飘然欲落之感。佛像两边，从上至下雕有三尺宽的藏式花边图案，与佛像群浑然一体，整个浮雕充分显示了古代高超的雕刻艺术水平。

在浮雕的左边崖壁上，纹刻了吞米·桑布扎书写的藏文"尕洽"十八行；右边崖壁上刻有藏文佛经十二行和文成公主书写的汉文楷书《般若波罗蜜多经》十六行。在贝纳沟的多处石崖上还刻有多种佛像、佛塔、经文等。

此外，庙堂内东西墙壁上有两组大型壁画，画面内容主要是当时文成公主进藏路过贝纳沟时，当地藏族头人和群众如何隆重欢迎的动人情景。

相传，文成公主与松赞干布在扎陵湖会面之后，一路上翻过了雄伟崇峻的巴颜喀拉山，越过了激流滚滚的通天河之后，来到玉树境内的贝纳沟。文成公主为自己的一行人马能够平安地通过天然屏障巴颜喀拉山和亘古天堑通天河而高兴，她以为这是神仙帮助的结果。自小信佛的公主，为了表达对神佛的虔诚，亲自率领工匠，在贝纳沟的岩壁上刻下数十尊佛像和许多佛塔。

70年后，即公元710年，唐中宗景龙四年，唐蕃第二次联姻，金城公主远嫁吐蕃赞普赤德祖赞，再次踏上了这条唐蕃古道。金城公主路过贝纳沟时，发现了文成公主遗留下来的九尊佛像特别壮观。为了不使公主的功德被风雨所剥蚀，她派人在佛像上修筑了一座庙宇，并赐名"文成公主庙"。以后，这座庙宇便被人们保护下来，作为顶礼膜拜的活动场所，同时也纪念文成公主和金城公主一心向佛的善行。

中华人民共和国成立后，政府为了保护这座唐蕃古道上的珍贵历史古迹，于1957年报经国务院批准，将其列为青海省重点文物保护单位之一。

距玉树藏族自治州首府所在地结古镇 30 多公里处的通天河南岸，有一条风景优美的高山深谷，名为勒巴沟，海拔 3700 米左右，沟深约 20 公里。这里植物茂盛，山清水秀，风景秀丽，山路曲折蜿蜒，峭壁高挺陡立，其间有清澈的小溪，遮天蔽日的丛林，刻有"六字真言"的嘛呢石到处可见，有的昭示于光天化日之下，有的浸润在涓涓流水之中，有的掩映在绿草翠叶之间，构成了让人惊叹的经石文化景观世界，真可谓"山嘛呢、水嘛呢"，这些年代久远的佛教文化石刻，相传是文成公主和金城公主先后进藏途经此地时留下的历史文化遗迹。沟里还有当地佛教信徒于近代刻凿的漫山遍野的宗教文化石刻，这些对研究唐代藏汉关系，抑或观赏佛教石刻艺术风采，都是弥足珍贵的历史文化遗存。1986 年经青海省人民政府批准，勒巴沟摩崖石刻被列为青海省重点文物保护单位。

在这些摩崖石刻中，最著名的是一幅礼佛图。礼佛图为阴线石刻，位于沟口南麓河边的岩壁上，画面有仰莲座释迦牟尼立佛像，佛像右边依次刻有四个朝佛的人物像，第一个是跪状双手捧香炉的侍童；第二个是双手捧钵，前倾献礼的吐蕃赞普松赞干布；第三个为双手持莲花的文成公主；第四个为双手持莲花的侍童。礼佛图左面约 6 米的岩壁上刻有三世佛，画面中心为释迦牟尼佛像，手结转法轮印，腿结半跏趺在双狮仰莲座上，左右两侧分别为过去佛和未来佛。

还有一幅转法轮图，在沟深3公里处南麓峭壁上，有一幅规模较大的由九尊佛像组成的阴线石刻转法轮图，图中佛像布局严谨、形态各异。画面上方有飞天，下方有蛇形龙王等天龙八部中的诸天。石刻左右下方有《无量寿经》和《般若波罗蜜多心经》。

再往沟里行进半公里的左侧岩壁上雕有三尊浮雕像，主佛为大日如来，结跏趺坐于仰莲座上，左、右下侧的两尊像浮雕分别为金刚手菩萨和观世音菩萨。佛像下面刻有古藏文"向大日如来佛、金刚手与观世音顶礼，马年吉日"等字样，为勒巴沟石刻的断代提供了珍贵的参考依据。

勒巴沟里还有一座高大的古佛塔，被称作公主塔，塔基周长14米，有4层塔座，塔身高18米。相传为金城公主进藏途中命人所建，属覆钵式佛塔，极具藏传佛教建筑特色。

走进勒巴沟约5公里处，有一条灌木葱茏、涧水潺潺的山谷曲折南延，名为子琼沟（藏语意为鸟水沟），沟里的石头或岩壁上刻凿的观世音经咒、莲花生经咒等经文及佛像、佛塔无处不在，其中有许多是深凿在临之目眩而难以攀缘的悬崖峭壁间的大型摩崖浮雕，有的则刻写在河底的大石上，字迹清晰、工整，成为明澈清流中的一道亮丽风景，并在青山绿溪间形成了宏伟的规模，展现了藏传佛教石刻文化的奇光异彩，极具观赏和研究价值。

在佛堂右侧 20 米处岩崖下，有一泓清澈如明镜般的泉眼，名叫公主泉。相传文成公主在此驻跸期间，曾在泉边梳洗。从文成公主庙沿贝纳河溯流而上，约在 4 公里处有一个温泉池，泉水从山体岩石的缝隙中喷涌而出，温度约 40 摄氏度，相传文成公主曾在这里临泉沐浴。

另外还有一个有趣的传说。对于《西游记》这部皇皇巨著，人们耳熟能详，书中有唐僧师徒四人西行取经时，曾到达通天河的故事。传说中的唐僧晒经台就是离今玉树市结古镇约 30 公里的通天河畔的一块磐石，石面漆黑如墨，上面似乎有隐隐约约的字迹。

唐僧法名玄奘，是彪炳青史的唐代著名高僧。《西游记》中说，唐僧师徒四人西天取经，被波涛汹涌、浩渺无际的通天河挡住了去路。这时河底的千年老龟浮出河面，驮着唐僧师徒渡过了通天河，并托唐僧向如来佛问一下自己还剩多少寿数。

到了西天，唐僧虔诚拜佛，专心取经，竟忘了老龟之托。数年后唐僧师徒四人取经归来，老龟再次帮他们渡过通天河。渡到河心时，老龟突然问起所托之事，唐僧却无言以答。老龟知道唐僧不曾代问，一怒之下，将驮在背上的师徒四人连马带经抛入河中。经卷全被泡湿，于是师徒四人在岸边的大磐石上晾晒经文，等经文晒干收起时，不慎将《佛本行经》的经尾给粘在石上撕破了，所以，在浩如烟海的佛经经卷中，只有《佛本行经》至今残缺不全，而大磐石上却字迹犹存。后人便将这块磐石称为"晒经台"。当地百姓在晒经台上方挂满了经幡，以敬圣迹。

四

我们大山谷里，

流来金色大河，

河上架起大桥，

玉树嘎朵故乡，

财富好比雨水，

随你随心所欲。

我们大山谷腰，

流来银色大河，

河上架起大桥，

我们广阔草原，

财富好比云彩，

飘起吉祥彩虹。

我们大山谷口，

流来螺色大河，

架上架起大桥，

我们牧民百姓，

照到幸福太阳，

唱起动人歌谣。

　　说到玉树的巴塘草原，还有一位著名的传奇人物，他的名字叫阿迦。

　　阿迦之所以出名，因为据说他是第一个到过西宁城的巴塘人。他离开巴塘的时候骑着他那匹巴塘草原上很有名的白色骏马，白色骏马脖子上挂着一串铃铛，垂在马胸前的是一缕红得耀眼的璎珞，璎珞环绕着的是一只大得出奇的胸铃，当阿迦骑马走过时，谁都知道那是阿迦来了，因为那铃铛的声音实在是太大了。阿迦骑着他的白色骏马到了西宁城，可是回到巴塘的时候坐骑却换成了自行车。阿迦就是这么有头脑的人，他总是能给他亲爱的巴塘带来一片惊奇。回巴塘要走十八个日夜，要翻过十八座大山，要蹚过十八条大河，要遭遇十八只恶兽，要善待十八位美女，可以想见那是条充满艰辛又充满传奇的路，所以当他到达巴塘的时候，自行车的辐条所剩无几。好在阿迦是第一个到达西宁城的巴塘人，更是巴塘第一个拥有自行车的人，这可是事关荣誉的大事。

后来，据说他为了怀念那匹获得过巴塘赛马第一名的白色骏马，常常自己佩戴着那串叮当作响的铃铛招摇过市。

阿迦总是第一个拥有巴塘人不曾拥有过的东西。理所当然，他第一个拥有了摩托车。

那时阿迦已经在西宁城和结古镇见识过电视，也目瞪口呆地见识过电视上的国外摩托车障碍赛。他目瞪口呆地看完一辆辆飞车载着赛手跨越数辆汽车组成的障碍后，那种登峰造极的成功令他激动不已，他想到自己也有年轻的体魄，也有摩托车，更有康巴人的勇气，除了排成一队的汽车外，他拥有电视上摩托车手拥有的一切。经过一番深思熟虑，他在巴塘巴曲河流经的一片地方找到了大显身手的河段。

请活佛掐算了一个晴空万里的好日子。那天，他邀请了附近的亲朋好友，整个巴塘都被他的壮举吸引了，人们扶老携幼而来，为了一睹他光荣的身影从巴曲河上空像雄鹰一样飞越而过。

据阿迦的推算，他选定的这段巴曲河，宽不过四辆轿车，远远低于电视上六七辆轿车的宽度，这是阿迦的聪明之处，即使如此，他也知道这将是巴塘很长时间内的记录。

只见他在距河水不远处放置了石块，石块上有一块木板，除了稍显粗犷外，和电视上为使摩托车腾空而起的台子的作用别无二致。

阿迦在众人的欢呼声中，双眉紧锁，壮怀激烈，重新盘好英雄长发，褪下藏袍的两只袖子牢牢结在身后，跨上摩托车，一阵猛加油门的轰鸣声中，阿迦呼啸着从木板上腾空而起……

但是他随后就掉了下来，正好掉在巴曲河清澈的水流中间。

据说，阿迦从此厌倦了摩托车，显然那辆"幸福"牌摩托车并未给他带来太多的幸福感觉。

阿迦抛弃"幸福"摩托车后就开起了一辆北京2120型吉

人间欢喜

普车，巴塘人喜欢把这种车称作"小沙漠王"。阿迦开着"小沙漠王"在巴塘又风光起来，直到一位警察向他索取违章费时，他大为光火：草原是阿迦的草原，汽车是阿迦的汽车，阿迦的汽车在阿迦的草原上跑，为什么要给你交钱？

警察毫不客气地索去了他的驾驶执照，阿迦更想不通了：这个本本是我自己的，你想要，自己弄去！

阿迦通过这次遭遇，明白了驾驶执照的重要性。当他又一次被警察拦住要查看执照时，他把驾驶室的玻璃摇上去，将执照打开贴在玻璃上让警察看，再也不肯轻易把执照交出去了。

阿迦开着"小沙漠王"进了西宁城，路过一个十字路口时，又被警察抓住了：你闯了红灯！阿迦看看高高架在水泥柱子上的红绿灯，笑道：那么高的红灯，我能撞上吗？警察不由分说，拿起纸笔要记什么，阿迦黑着脸，不紧不慢地抽出康巴汉子的长腰刀，把脚架到汽车前面的保险杠上，就在靴底磨起刀来。警察的脸色变得和绿灯一样绿，拿着笔的手犹豫起来，最终说：好吧，下次注意。

阿迦也有妥协的时候。阿迦有一辆"东风"卡车，他要把木材运出巴塘，再把日用百货运回巴塘。听说他在藏装的外面套了一件时髦的夹克衫，腹部鼓鼓囊囊的，当他被城里的警察堵住要收取超载费时，他又摇头又摇手，表示听不懂汉语。这次遇见的警察是个认真的警察，不惜浪费宝贵的时间和他理论起来，一直纠缠到日落西天，他看着绝不罢休的警察，只好妥协，打开夹克衫，只见腹部一圈成功商人的沉甸甸的钱包，拉开拉链，用一口京腔道：说吧，罚多少钱？

我之所以用了这么多"据说""听说"等过于浪漫的表达方式，是因为我在听到这些故事的时候并未见过阿迦，算起来，阿迦现在50多岁，依然结着英雄发，喜欢穿马靴，有三个女儿，每天早晨的第一顿饭依然食用糌粑和奶茶，当然，结古镇所有的警察都认识阿迦。据说，他现在偶尔还开着一辆女式轻便摩托车进城，途经结古镇中心的三岔路口时，年轻的警察见他驾驶速度过猛，立刻正色道：阿迦啦，执照！阿迦的摩托车马上就莫名其妙地熄火了。阿迦着急地说：年轻人，你快帮我推一下，推到路边我把执照拿给你，这车质量不行，动不动就熄火……年轻的警察帮他使劲一推，摩托车竟神奇地飞跑了！阿迦掉头说：拜拜！可以想见，对于一位骑着女式轻便摩托车在大街上飞奔的老头子，警察也只好笑笑了事。

我曾在某年9月初第N次到达巴塘，时值牧民由夏窝子转场到冬窝子，我想见见阿迦，已准备好照相机和采访机，可是听说一位德高望重的老活佛莅临巴塘，男女老少都奔到那里向老活佛祈福去了。想必没有见到阿迦的我正如同阿迦掉进巴曲河的感觉一样，虽然结果不如人意，好在经过也是一样美好。

　　我觉得巴塘出现阿迦是个必然。巴塘距玉树州结古镇只有30多公里的路程，交通便利，时代的气息很快就会到达阿迦的巴塘。巴塘的大日如来佛堂和勒巴沟风景区闻名遐迩，有着1000多年的历史，是玉树州旅游资源非常丰富的地区，代表着玉树优秀的藏族文化。更为重要的是，阿迦身为一个康巴汉子，"当青稞酒在心里歌唱的时候，世界就在手上"的豪情，也是生来就在他的血液里流淌着的！

女神降临的时候

新年的前一天，是当卡寺的女性护法神阿斯秋吉卓玛的节日。

当卡寺女神节的标志之一，是这天寺院的僧人要跳女神羌姆舞。这是结古镇的人们不可错过的一天，年复一年，阿斯秋吉卓玛都要在这一天降临人间，为她护佑的信徒展现尊容，年复一年，人们也从没有厌倦过。

一清早，我们就攀上当卡寺的山坡，红色的寺院高高地坐落在云端。我曾来过多次，但这次仍然发现寺院又有了新的建筑物，看上去更加富丽堂皇。

我们来得早，羌姆舞还没有开始，就先拜谒了阿斯秋吉卓玛的神殿。这是一座二层小楼，上楼即看见许多挂在梁上的动物标本，有野牛、藏獒、狼、石羊、豹子等。进去后看到门边的柱子上有许多汉人的照片，男男女女，还有抱肩搭背的，一问才知是一些施主，寄来后要求挂在经堂里，真是奇怪的想法。

二楼的双开大门上画着阎王使者——格日，举着一张人皮，进门左手一排窗户，采光很好，正面和右排都是当卡寺的护法神。

进门正对面供奉着阿斯秋吉卓玛的神像，她的右面正中是另一尊护法神贝那公保的雕塑，约有二米高，全身呈现深蓝色的护法神正吐出火焰似的卷舌。他的左边是嘎哇那保，右边是班丹拉姆。

当卡寺所有的护法神都在这座殿里了：嘎哇那保的座下是鲁昂当与协均，贝那公保的后面有公保措伊巴，班丹拉姆的后面有公保措至、多杰帕姆、康那多杰以及森噶与辛久阳。

供桌上供有头骨碗，内有仿肉色的糌粑粒、青稞粒，还有心脏状的朵玛——称之为"多杰拉秀"的怒相红色朵玛，另外有香做出的曼扎和玻璃花、净水、各式朵玛。

阿斯原是止贡噶举派的护法神，如今也受噶玛噶举派系统的当卡寺的供养。

大经堂内的僧人正在诵经，他朗朗上口的经文是《阿斯供奉经》。

今天是阿斯的节日——"当阿斯"节。当卡寺在七月时还有"当卡才吉"节，除这两个节日之外，阿斯殿一般不开门，但常年有八位僧人轮流在此殿闭关念经，因此，外人平时无法瞻仰阿斯的容颜。

羌姆舞将在阿斯秋吉卓玛神殿前举行。殿前的广场上早已用白灰绘了莲花、宝瓶等供养物，并用白线勾勒出一方神舞的圈地，但并没有看到有执棒者去驱逐前拥后挤的观众，相比而言，这里比气氛庄严的结古寺亲和了许多。

阿斯殿前也已用红毯铺就了观礼台，并在廊下设有活佛宝座，供奉有食品。廊檐上华丽的橘色织锦缎垂成流苏，在清晨的微风里轻灵地飘动。

阿斯羌姆的序曲开始时，我还在经堂，看到众多的僧人们着装、手执法器的样子，脸庞上的表情很严肃，每年都在举办的阿斯舞并没有让他们习以为常地露出轻松的笑容。

经号已经吹响，香烟弥漫。僧人们从大经堂鱼贯而出，乐手拿着各种法器，锣鼓声顿时肃穆地响彻了当卡寺。在活佛的法幢引领下，他们走下楼梯，走向广场，形成一个半圆。

这样，被称作"加如"的乐队已经拉开了羌姆舞的序幕。

第一场舞称作"加尕那"。三个人上场，代表汉地之人、尼泊尔之人、藏族的僧人，代表汉地之人穿着蓝色长袍马褂——明显是清朝服饰——将哈达遥遥扔向坐在廊下高座上的喇嘛，喇嘛于是诵经赐福。代表尼泊尔之人身穿白衣，戴着白胡子的面具，同样将哈达遥遥扔向坐在廊下高座上的喇嘛，喇嘛赞美了尼泊尔，并诵经赐福。接着是代表藏族之人向前，只见他身穿红色僧衣，头戴红色金丝智者帽，斜披黄色袈裟，向高坐着的喇嘛祈祷，喇嘛为他祝福。

雪狮上场。在震耳欲聋的鼓钹声中，雪狮头披蓝色鬃毛，全身雪白，舞步欢快，跳跃而出。看得出，是两个人在狮子的腹中做着和谐如一的动作。这两位狮舞者一定练了很久，配合之默契、动作之和谐，皆在举头动足、左跳右跃中完美地体现出来，尽情地表演出了雪山雄狮威武的王者风范。

广场正中有两具朵玛，彩色的，上面覆以黄色绸缎。

狮子下场后，身穿长袍马褂的乐队复上，两架短号、两架长号、两架鼓，徐徐而出，脚步滞重，他们先是对着天空吹出悠悠长音，而后对着大地奏响漫漫长鸣，一俯一仰之间，宗教中肃穆、神圣的气氛感染了全部在场的观众。

　　我的前面坐着一家人，母亲抱着小女孩，母亲的左手拇指的指甲从中间裂开，那是长年捻动嘛呢念珠的结果；她的女儿则抱着一支可乐瓶，瓶盖上戳了一个小洞，她可以在喝的时候不至于因为倒得太猛而呛着。母亲的手中摇着一支大的嘛呢经筒，她的身边还靠着大女儿，大女儿的手中则摇着另一支较小的经筒，父亲坐在旁边经堂的台阶上，一会儿大女儿将经筒交给父亲，父亲接着摇动。这时，另外一个女儿跑来，她穿着黑色的羔皮藏袍，非常可爱，蹲在父亲身边，接过父亲手中的经筒，摇了起来，一家人在神舞的鼓声中默默转动着飞快的经筒……

　　在玉树，人们就是在这样的氛围中长大，熏陶着神舞的气息，敬畏着神灵的神威，遵循着慈悲的信念，父传子，母传女，一个民族的道德观念就这样划出了一个完美的底线。

　　身着红色僧装、头戴黄色鸡冠帽的乐队奏出轻快的音乐，伴随着号鼓声，八位小僧人手执长长的香束，舞蹈着上了场，他们穿着白色的宽松长裤，各式各样的彩绸系在肩上，飘动在风中，飘动在音乐里，他们舞了一圈后，个个轻松地打着车轮转下了场。

　　早上的舞蹈就此结束，舞僧们要休息，而信徒们也要在炎

女神降临的时候

热的太阳下喝茶，等待下午的羌姆舞的继续。

实际上，一早上轰轰烈烈、如痴如醉的表演，主角阿斯女神还没有上场呢，这是当卡寺长年来的习惯，毕竟阿斯女神不是一般的神灵，她是当卡寺地位最高的护法，理应拥有人们的期待。

下午2点是阿斯女神降临之时。

大家重新聚拢到广场四周，天空那么晴朗，我们的心情那么激动，听到号鼓之声越来越紧密，越来越夺人心魄，知道女神就要降临了。正在这时，天空中忽然狂风大作，旋转的风轮裹挟着细碎的风沙，直接袭击了我们的眼睛，刹那间遮盖了当卡寺真实的容颜。我们在这种神秘的气氛中，听到长号深沉地响起在广场的上空，人们期望的目光掠过狂风，投向西方，西侧的庭院里锣鼓声声，不一会儿，阿斯秋吉卓玛出现了。

淡黄色的脸庞，面如满月，细眉明眸，红唇丰满，皓齿微启，完美的阿斯秋吉卓玛头戴五佛冠，身着彩衣，炫耀登临。只见她左手握一面明镜，右手持一把火焰宝，胸前佩一轮宝镜，缓慢地舞动着威严的脚步。她的长袍上绣着怒相金刚，大鹏式的宽袖展开在已经放晴的蓝天下。

在她身后，相随而出的是十几位她的化身神，以各种各样的颜色来区分，从粉色、黄色、绿色、蓝色、白色、肉色、红色到橙色，脸庞上的五官都是一模一样的阿斯秋吉卓玛，但是法衣颜色与法器大有不同，有的手执拟蛇物、拟心脏物，有的持着颅骨碗、剑、箭、斧、钺或者金刚。众位化身神簇拥着主神，跳着持重的舞步，在广场中央形成一个圆。

此后，又有阿斯秋吉卓玛的四位护法上场，他们的脸孔呈现黑、藏蓝、墨绿、赭红等浓重的深色，怒相的头顶戴着颅骨冠，舞步明显与主神、化身神不同，略微夸张地表现出忿怒、暴躁的威慑力量。

这时，乐队静静地退场，诵经声响起，喇嘛们集体深沉、低郁的声音极富磁性地缭绕在我们的耳旁，那么富有穿透力，直接穿透了我们的心房。

阿斯秋吉卓玛女神的宝幢迎风飞舞，喇嘛高举着的宝瓶中，七彩的孔雀翎仿佛已经开放，绽放出神秘的香气，四位喇嘛抬着两个宏大的香炉缓缓进场，香炉中冒着缕缕青烟，那香味让阿斯秋吉卓玛披上了一层更加圣洁的气息。

信徒们已经感染。受到感染的信徒们纷纷上前，为女神献上纯净的哈达，只一会儿工夫，阿斯秋吉卓玛和随从们的背带上就挂满了哈达，就像堆上了一座座雪山一样，那是祈祷，也是祝福，是敬畏，更是一年只有一次的幸运……

根据止贡派姜贡澈赞法王撰写的《阿斯秋吉卓玛略传》记载，阿斯秋吉卓玛是止贡噶举派的不共护法，阿斯是曾祖母之意，阿斯秋吉卓玛是金刚瑜伽女的化身，而金刚瑜伽女来自佛教圣地乌仗那，为利益轮回中的众生，她在不同时空无数次地展露化身，立下保护佛法的誓言，并令五方佛部的智能空行们持守此誓。

同样出生于乌仗那的莲花生大师在公元 8 世纪来到西藏弘法，加持了西藏许多地方，并在许多洞穴中禅修，其中有一处位于止贡地区，名叫德卓。莲师曾在那里禅修七年，是他在西藏期间待得最久的地方。在这期间，金刚瑜伽女以事业空行之首的身形化现，并保证为莲师的事业成就守护金刚乘教法。

因此，金刚瑜伽女利益了珍贵的教法与一切有情众生。依据《胜乐金刚本续》的授记，事业空行母之首将会降临止贡的德卓洞窟，而这就是金刚瑜伽女的化身示现，也就是止贡噶举不共护法阿斯秋吉卓玛的由来。

传说，大约在公元 11 世纪，西藏中部止贡地方的索拖一地，住着一户没有小孩的家庭。为了求子，夫妻二人远赴尼泊尔的苏印普佛塔朝圣，热切地祈求得子。有一天晚上，妈妈止拉达让得一梦兆，梦见一轮明亮耀眼的太阳在东方出现，阳光普照十方，随后太阳融入她的子宫，并且大放光芒，充满了整个宇宙，特别是照亮了她的出生地。同一个晚上，丈夫那南秋沃巴也梦到，从东方不动佛土化现出有着清明白光的念珠，进入他妻子的子宫里。早上醒来，两人相互讨论梦境后，丈夫说："我们将生出一位特别的小孩，所以在这小孩出生前，我们应多加小心。"随后他们举行了一个会供，强烈地祈求满愿，然后返回了故乡止贡。

孩子出生的一刻终于到来。这位不凡的孩子降生在一处名为奇渣塘的地方，当时有许多瑞兆，孩子身体散发着极为纯白的光芒。她就是秋吉卓玛。卓玛从小就一直持诵着度母咒，三岁时就会教人念诵咒语。她很小的时候双亲就过世了，所以一直和叔叔住在一起。她很快长大并且貌美非凡，有许多人都想娶她，却被她一一拒绝。她说："我将到康地去，那儿有一位库拉种姓的贵族后裔大瑜伽士，我将嫁给这位瑜伽士，我们的儿子、孙子与后代，都将是不凡之士，他们将以传扬佛法的心要，利益一切有情众生。"

后来卓玛与一位商贾为伴，抵达康地。在他们抵达一处叫作典托措沃的地方时，她告诉同伴："这是我必须待下来的地方。"和同伴分手后，她去面见了伟大的圣者阿美楚群嘉措，并告诉他:"虽然我对世俗生活毫无执着,但如果我俩结合的话,我们的后代中将会产生许多证悟的人,他们将对佛法做出极大利益之事。"

在他们结婚的当天,阿美楚群嘉措没有任何财产可以来安排婚礼,但卓玛说:"不要担心,我会处理。"说着,她奇迹似的从她右边的袋子里拿出一个手鼓,并从她左边的袋子里拿出一个头盖杯,之后摇打手鼓、手拿头盖杯,跳了一支神奇的舞蹈,然后凝视天空。结果,刹那间房里就出现了上好的食物和饮料,他俩身上也穿了最豪华的衣服。他们如此地给予所有宾客极大的满足和快乐。

他俩婚后相继生育了四个儿子:南开旺秋、巴卡旺嘉、索南巴尔和卡吽楚西。这四个儿子都聪明绝顶,最终成为佛教的博学大师。

后来,卓玛说:"我已经了知,我在轮回中降生是为了要圆满护持佛法,并造福一切有情众生。因此,我将赐予我的追随者共与不共成就。"随后,她就带着她的追随者到一个叫作听仁的巨大洞窟去。那是一个十分神圣的洞窟,内有许多珍贵的岩藏,在洞窟内部的岩石上还有许多自然显现的佛、菩萨、本尊、空行和护法像。

卓玛在这座洞窟里作法，并做了一个广大的会供品。当时凡是有幸能够吃到那会供品的人，都被赐予共与不共成就。接着，她写下一本内含有她自己成就法的仪轨，并且誓言看护佛法，特别是守护那些将在未来出现的佛法心要。发下此誓后，她说："我藉此色身的事业已尽。"随即骑在她的蓝马上，不留肉身地飞往佛土。

她的四个儿子里，巴卡旺嘉亦有四子，分别是堪布达玛、恭秋仁钦、春帕巴以及那久多杰。在这四个儿子里，那久多杰是龙树菩萨的转世再来人——伟大止贡巴拉那师利吉天颂恭的父亲。

有一次，吉天颂恭在止贡梯的强秋林寺，听到了一阵伴随着美好天乐的手鼓声。他的一位大瑜伽士弟子竹托康巴格嘎瓦也在场，并请示吉天颂恭此美妙天乐的因缘。吉天颂恭说："这无与伦比的声音来自我的曾祖母阿斯秋吉卓玛，她是一位智能空行母。"

于是，竹托康巴立刻请求吉天颂恭传授一个如何修持阿斯秋吉卓玛的方法。吉天颂恭因此写下了一个十页的成就仪轨，此法后来被收录在《阿斯法集》中。

在另外一本《密切巴瓦密续》中说："无量劫后在一个称

女神降临的时候

为大莲花的世界中，阿斯秋吉卓玛将会成为圆满证悟之善逝、如来、阿罗汉、无上正等正觉，佛号莲花尊胜。"

姜贡澈赞法王热情地歌颂了阿斯秋吉卓玛的种种美德，并将她的前生后世讲述得清清楚楚。他认为她是位无比慈悲的护法，誓愿护持佛法并利益一切有情众生。她向伟大的止贡巴拉那师利吉天颂恭保证，守护由他所发扬光大并由止贡噶举传承的佛陀心要教法。以此誓愿之力，凡是以完全虔信之心来修持阿斯秋吉卓玛成就法的行者，必将离于此生与法道上一切违缘与障碍；凡是以完全的信心与虔敬无间修持此法的行者，必终得臻于圆满正觉的佛果境地。

阿斯秋吉卓玛有如此之大的法力，可见止贡巴供养这么一位女神，是可以获得无与伦比的加持力的。正所谓：

统摄三界护佑众生尽无余，

守护贤劫千佛之教法，

随顺众生愿求悉满足，

请以汝之大力满我愿，

阿斯秋吉卓玛尊，

祈请立赐加持之光辉！

云上结古

一

在结古流连，穿过大街小巷，时而能够嗅到柏香的气息，时而能够听到悠扬的民歌，无论哪个角落，抬眼望去，都能看到山巅的结古寺，如一朵吉祥的红云，飘然而立在木他梅玛山上。

某年新年的前两天，我再次来到结古寺，因为这天有迎接新年的法会，寺院要跳神舞。另外，我还请朋友介绍认识了寺院里的"秋沙"——经堂纪律管理者。

秋沙的僧房在寺前的悬崖上，沿着小路，顺时针方向转过去，很险，得扶着右边的嘛呢石堆才能勉强走到，悬崖前风大，吹得人喘不上气来，不过此处是看结古镇全景的好地方，缭绕在晨雾中的结古镇尽收眼底。这是一幢两层小楼，沿着狭窄的木楼梯上去，左屋是佛堂，右屋是会客室兼卧室。

带我们进门的秋沙穿着僧人常服，点燃了火炉。牛粪和柴火很快着起来，冰冷的僧房有了一些暖意。秋沙的会客室墙上贴着各式塑料印刷图片，有梅花、长寿老人，还有仙鹤，墙上花花绿绿的，完全遮盖了泥土抹平的墙面。

秋沙胸前挂着念珠，挂着一张他崇敬的活佛的照片，另外还挂有一枚小巧精致的金属金刚橛。此时，会客厅里还有别的客人，是一对父子，正在央求秋沙办一件事情。听了老半天，我才听明白他们是想请秋沙去为他家里念经，因为新年马上就要到了，这对父子和所有的结古人一样，想请一位结古寺的僧人为全家人祈祷新年的顺畅和平安。

只见秋沙认真听完这对父子的请求，便爽快地答应下来，他们约好时间，客人心满意足地告别而去。

这位秋沙37岁了，他是上巴塘人，13岁时出家做了沙弥。结古寺有正、副两位秋沙，是通过民主选举产生的，一般每年大法会之前都要选举产生新的秋沙。选举出的秋沙都是僧人中比较出类拔萃的，要有修行过七八种法门的经历，才有可能服众。秋沙拥有一定的权利，尤其在法会期间，更是万人瞩目，充分彰显出秋沙的地位。

秋沙的日常生活也和众多的僧人一样，早上六点起床，马上开始修习，从前闭关修行的法都要修一遍，这个过程一般需要三四个小时，然后才吃早餐，食品是糌粑、奶茶或清茶。九点多到经堂，大家一起集体诵经。如果是夏天，就要提前一个小时。如果有法会，就修习法会要求的佛经；平时则是有人要求念什么经就念什么经，集体诵经到 12 点结束。如果遇到家中有人去世等重要的事情，念经就会持续到下午三四点。僧人们的午餐也是糌粑和清茶，晚餐有时会吃上一顿面片，有时会有煮牛肉和羊肉。

下午如果没有集体活动，僧人们会在自己房间里修习，学问高的僧人会被人请去家中念经。一般下午是自由的时间，晚餐时间也不是很固定，晚餐后寺院没有法会的话，可以个人修行。

秋沙说，一般情况下晚上 9 点以后就可以就寝，但很多情况下要修完严格的法门，恐怕要到凌晨 2 点左右。

在常人看来，僧人们的生活是单调而清苦的，但他们修习时进入境界的情景又是令人羡慕的。

秋沙要去参加神舞法会，他依次穿上僧人盛装：

"洽如"：里裙。

"香塔"：外裙。一般的礼服长 50 尺，在腹前叠出许多褶子，平时穿的僧裙只需 36 尺。

"改让"：系外裙的红色带子。

"线查"：外衣，节日着装，左手穿，右臂露。

"嘉色丹高"：坎肩。

"囊及"：红色的带子，为了系住坎肩的下摆。

"加色曲里"：水袋，盛装时要佩戴，挂在腰带上，长长地垂到僧裙的膝盖处。

"散"：外层披着的袈裟。

"桑巴尕也"：白色的毡靴。

"夏色"：帽子。萨迦派僧人专有，但要有法力、闭过关后的僧人才能戴夏色。

"窄牙"：就是形似鸡冠的帽子。这种帽子比较普遍，许多教派的僧人都在法会时戴着。

"桑伊"：是一种堪布专有的帽子。

"马孜"：是一种常帽，两用，冬天可以镶上狐皮边，成为暖帽，夏天时去掉狐皮边即成凉帽。

僧人们有时也戴一种白色礼帽，蘑菇状，是迎接活佛时的顶戴，名为"夏嘎"。

秋沙还有一样专用品，就是"当羌"，意思就是法鞭，用各种颜色的绸缎编制而成。法会上，秋沙手执法鞭，检查纪律，执行公务，非常威风。

秋沙告诉我们，结古寺是座戒律严格的寺院，他已经受了热松戒，因此要遵守二百五十四条戒律，包括日常生活、言行、道德、遵从上师等方面。结古寺的僧人进入寺院后，要依次接受格尼戒、热松戒和格隆戒，刚入寺时的小沙弥叫作"班德"，基本上没有戒律，学会经文即可。紧接着就要受格尼戒，所有的僧人都是要经过这个戒律的约束，才能成为真正的出家人，等到学业长进后，再受热松戒。受热松戒有一定的讲究，因为结古寺的主寺是日喀则的萨迦寺，因此结古寺的僧人们要到萨迦寺附近的俄日干寺接受热松戒，戒律由罗丹堪布授予。罗丹堪布的学位和授予戒律的权利是萨迦派中最高者，所有结古寺的僧人都以到过俄日干寺，并师从罗丹堪布授戒为荣。

受过热松戒的秋沙穿戴整齐，从吱吱呀呀的楼梯下来，经过山腰的两座白塔，前往经堂参加神舞法会。

此时，结古寺经堂的前院里已经挤满了人们，大家望着经堂的大门，正翘首以待着神舞的开始。经堂里庄严的诵经声和锣鼓声已经响起，跳神舞的僧人也穿戴上法衣面具——吉祥的时刻就要到来。

结古寺有八座经堂，这座称作"多衮桑德嘉措"的经堂在结古非常出名，因为建筑之始就有一个预言：这是一座一百位僧人就可以坐满，一万位僧人也可以坐满的神奇经堂。

经堂里的鼓点节奏明显快了起来，一阵悠扬的长号声响起后，神舞法会拉开了序幕。

首先出场的是乐队。二十位僧人手执单鼓和弯曲的鼓槌，身着盛装的袈裟，头戴红色鸡冠帽，腰间长长地垂挂着水袋，织锦的披风在结古清晨的清风中微微扬起，鼓声紧凑。

接着三十位僧人敲着单钹出场。他们个个披着白绸披风，飘然而至，戴着橘红色僧帽，挂着水袋，击打着单钹响应着鼓声。

两位僧人吹着长号慢悠悠地走出经堂。长号，将近三米的样子，必须有两位小沙弥在前面提着号口才能行进。他们的身后跟着两位吹着短骨号的僧人，还有两位持香者，他们披着金黄色斗篷，其形魁梧。

这时，鼓与号齐鸣，响彻结古寺的上空。

庞大的乐队团在经堂前院依次排好后，神舞者开始上场。

第一场：两位舞者，左手持嘎拉碗，右手持剑，在经堂门口跳了很久。他们舞步激越，动作幅度很大，依次向经堂内鞠躬，再向经堂外鞠躬。这时，站在四方桌前的黄绢蒙脸者向四周洒着净水。此时音乐停歇，舞者退下。

第二场：十三位身披黄纱的僧人逐次上场。他们头戴忿怒相面具，手持不同法器，在一位戴牛头面具僧人的带领下鱼贯而入。他们跳起了圆圈舞，时而高举双臂，显示威力无比的法器，时而抬起双足，展现法裙上怒目圆视的护法神的猛厉。鼓号时快时慢，他们随着节奏一会儿围紧，一会儿松开，戴牛头面具者舞步持重而庄严，他扮演的是结古寺的护法神格居公保，是这次法会的主角。他们退场时，那四位捧着净水瓶的黄绢蒙面者也抬起四方桌，退了场。

第三场：两位童子上场。他们身着白色骷髅衣，胸部画着红色的肋骨，一手持碗，一手紧握骨号，跳跃而上，舞步急速，双脚腾挪轻灵，玉树人把他们称作"格日"，是阎王的使者，负责接送人们将死之时的灵魂。

第三场：两位持香者、两位敲钹者、两位吹号者相继上场。他们带领八位头戴圆形平顶小帽、象征女神的僧人上场，他们身着彩衣，面蒙白纱，长发披肩，手持彩虹状布帘，轻蹈慢舞，转着柔曼的彩裙，一阵阵清香随之飘来。

第四场：当女神们还未退场时，八位跳夏那舞的僧人已全部登场。他们头戴彩帽，手持金刚橛和金刚铃，激越地跳着舞步，依次亮相。

第五场：查羌舞开始上场。所谓"查羌"，意思是武士舞。八位武士手持弯弓与长剑，威风凛凛地一字排开。他们头戴铜盔，顶戴彩翎，身穿铁甲，长发披肩，着俗人装，缓缓起舞，一位鼓手和四位钹手为他们的舞步伴奏出震如雷鸣的音乐。

第六场：又是八位僧人上场。他们穿着金色的百衲衣，脚蹬白色毡靴，左手捧钵，右手紧握禅杖，在场中形成一个圆圈，亦步亦趋，左转右绕，缓步退场。

第七场：两位持骨号者，四位敲钹者，引出纪律监督人。三位趾高气扬的监督人穿着俗装，手执粗大的仿豹皮毡棒，头戴黑色流苏帽，巡视一番。玉树人称之为阿查热舞。他们起着维持现场纪律、保证法会正常进行的作用。

在他们巡视现场时，一位头戴黑色大鸟面具的舞者出场，同时有两位僧人相伴左右。只见大鸟的巨喙一张一合，左啄右咬，引得观众大笑起来，现场气氛立刻活跃起来，凝重、庄严的法会也在快乐的笑声中结束了。

玉树人对任何寺院的法会都会趋之若鹜，据说观看法会，不仅能获得感观上的愉悦，更能获得护法神的加持力，能够保佑一生的平安和健康。

二

结古镇东约 5 公里处的新寨村，有一座巨大的嘛呢石城，相传结古寺第一世嘉那活佛道丁桑秋帕文晚年定居于该地的东南山坡，并开始兴建嘛呢堆，人称"嘉那嘛呢"。据有关史料记载，嘉那活佛是康巴人，他曾在峨眉山和五台山修行，后周游并朝拜雪域各圣地。200 多年前，他来到新寨村时，发现了自然显现"六字真言"的一块嘛呢石,遂以此为缘住在该村，同僧俗群众一起刻凿嘛呢石度过了一生。该嘛呢堆由刻着"六字真言"和经文的石板、石块组成，随着年年添加，体积越来越大，到 1955 年时，嘛呢石堆形成了东西长 450 米、南北宽 100 米、高 3 米的规模宏大的嘛呢石经城，并建有佛堂及佛塔、大经轮堂等建筑，占地面积 25 亩，嘛呢石及经文石有 25 亿块左右，有"世间第一大嘛呢堆"之称。可惜在"文革"时期全部被拆除，1978 年以后又陆续恢复，信徒们自觉地运来嘛呢石，更多的是新寨附近的很多家庭成为镌刻嘛呢石的作坊，一件件工艺精美的作品被供奉起来，年复一年，嘛呢石经城又展现出了从前的壮观景象。

嘛呢在佛经中解释为观音菩萨"六字真言"，六字代表解度六道众生、破除六种烦恼、修六般若行、获得六种佛身、生出六种智慧等殊胜功德。常诵此咒或转经则可利乐众生，功德无量。因此，每当正月十五日，都有许多人来此转经朝拜。世人对当地群众在几百年时间持续不断、坚忍不拔地凿刻嘛呢石经的精神和所达到的精湛技艺赞叹不已。

2014 年玉树地震前，嘛呢石经城东西长 283 米，南北宽74 米，高 2.5 米，有 20 多亿块嘛呢石、一座大转经堂、一座佛堂、10 个大转经筒、300 多个小转经筒、十几座佛塔。石经城的佛堂内还供奉着创建石经城的第一世嘉那活佛塑像和自显嘛呢石块。

嘉那嘛呢石刻经文数量之多、雕刻持续时间之长、规模之大，世所罕见，堪称世界之最。

1986 年,经青海省人民政府批准,新寨嘉那嘛呢石经城被列为青海省重点文物保护单位。

多年来,我几乎年年都到玉树,每次到玉树,也必然去看看嘛呢石经城。经城每年都在壮大着,每年都有新的变化,形象更宽、更长、更高,镌刻的经文有了更多内容,色彩更加绚丽,而工艺也更加趋向完美,同时,更多的白塔被供养起来,更多的经筒被转动起来,更多的信徒念诵着嘛呢,更多的观光客游走在其中。直到 2005 年,看到石经城临着公路一旁的经堂前门上,赫然挂出了"大世界基尼斯纪录"之最的英文、汉文、藏文证书。

雨中的嘛呢石堆,升起的雨雾中,它朦胧、挺拔,飘浮在仙气灵息之中。雨意氤氲,攀伏不去。

它像一座巨大的庭院,嘛呢的石,垒做高高的院墙,挡住了世俗的喧嚣,形成了一方寄托着无限遐思的世外桃源。那么,深深的庭院里面,包裹着什么不可言传的意蕴?

嘛呢石墙正中镶着六块彩色的"六字真言"。每块大约二尺见方,刻着白色的"唵"字,蓝色的"嘛"字,赤色的"呢"字,绿色的"叭"字,紫色的"咪"字,黑色的"哞"字。字字刀法犀利,笔功遒劲,空白处还有吉祥莲花纹。它们傲立百年,高寒的风雨无法去掉它们的衣饰。嘛呢石上的颜色都有特定的含义，白、蓝、红、绿、紫、黑，每一种颜色，都代表着一种永恒的理想，每一块石头，都镌刻着坚定的信念。"六字真言"，饱含着藏族人的人生态度和生命哲学，显示着对生存的渴望和获得的无限力量。

还有那一派凝血的赭红。

还有那一派静水的蔚蓝。

……

从左边的甬道进入，满世界都是精心雕刻上去的经文，其中"六字真言"居多。石板大多是从对面山上送下来的，也有的是千里迢迢被背运而来，被人工敲凿得较为规则后再摆放上去。从简单的"六字真言"到长篇大论的经文，全都染上了颜色，远望上去，那色彩使人猛醒，书页般的经石嶙峋昂立，仿佛指点迷津的神，高瞩于茫茫人海之上。

而基座，始终是绿如沧海的草原。

有的石板上刻着绿色或白色的度母，纤秀、隽永，举起的手，手上的第三只眼睛，温柔地照拂着有缘甚至无缘的灵魂。佛的神采是神奇的，她脱胎于人，却超越于人的境界，那举止，那眼神，那尽善尽美的庄严，那无穷无限的本真，那优雅宽容的智慧，凡人的我们，除了敬仰之外，感到的更多的，是善。我想，只有善，才能具有这种境界吧。

与此相异的是护法金刚像，有大怖畏金刚、密集金刚等。护法神像大多线条粗犷，色彩浓暗，面目可怖，执刀持剑，给人一种由畏到敬的感觉。如果你有了这种感觉，神像给你的便不是恐惧或者苦恼，而是坚定的信心和刚强的勇气。

嘛呢石墙上供着很多野牦牛头骨，犄角长可及米，犄角根大多有残存的黑色牛毛，而面部，只剩下白骨，额上依稀辨认出刻上的"六字真言"。它们空洞的眼睛默默地望着我，望着我身后的世界，望着我突然无助的内心。

这一刻，风却起了。

风从山的那边，一遍遍吹来，雨便蓦地消失了，乌蒙蒙的天空被吹开一角晴蓝，有一束阳光端端正正地洒在嘛呢石堆中，我赶快举起相机。等拍了几张后，天空重新弥合起来，稀稀落落的雨，紧跟着无声地来了。

那些眼睛，仍然望着百感交集的我。

风吹起了立在嘛呢墙后的经幡，那些经幡被风雨腐蚀成了土灰色，但黑色的经文历历在目。据说很早以前，天上的神和山巅的半神半人常常彼此征战，械斗不止，却总是不分胜负。

后来人子释迦牟尼在布条上写满了"胜利"二字，交与神，神由此得来智慧和勇气，终于战胜了半神半人，自此经幡便诞生了。如今的经幡上大多是防病害、防灾难、祈求吉祥如意的经文，它们年复一年地高高飘扬，渐渐成为团结、和平的象征。

怀抱着精神上的富足，继续往前走。冷雨下，两座土塔，一方黄庙，零零落落，清清静静，与世无争。

不知道这土塔里面是什么，褐色的基座，纯白的塔身，朴素无华，没有什么明显的标志，但不外乎是圣洁的东西。人若跨走其上，总是不祥的。修起塔来，人足就无法冒犯，若是经济许可，这土塔或许早已镶金裹银了。

塔周围仍然是五彩的嘛呢石，这些特写的、神秘的、虚幻而又深刻的色彩，由无数虔敬的手涂抹上去，这一份美，这一份心境，这一份血液里流动的、骨子里生根的意韵，是否是与生俱来？是否是永世不变？

我想，世界尽管千变万化，但总有一些东西是无法改变的，比如血缘、血统，比如种族。正如我们无法选择父母一样，父母是唯一的，我们只要坚信这一点，才能爱、被爱，才能维护、被维护。

我想到的还有一种无法改变也无法摧毁的东西，是文化，比如玛雅文化，近百年来，人们不惜千里迢迢，千辛万苦去找寻那一片废墟，找寻那一片废墟之上曾经光辉灿烂的历史，是什么使它们千秋不灭？是文化。因此，对于覆盖在文化表面上那一层苍苔，不必抑，也不必扬，且让它自然地生，自然地落，自然地保留下真金的东西。

绕到嘛呢石堆的右侧，看见一排整整齐齐的嘛呢经筒。心中一个清字，轻轻去转动它们，木筒顿时咿呀啁哳起来，我似乎听到了木筒里卷着的千千万万张写满"六字真言"的经卷翻动时的歌唱，红漆的木筒上依然刻着大大小小的"唵嘛呢叭咪吽"，我明白转动它们，就顶念遍了筒上及筒里的"六字真言"。这是以简概繁的造化，如今很多地区发展到以水磨转动经筒、以风力转动经筒，来达到脱离苦海、普度众生的目的。

"六字真言"即大悲观音心咒，是佛教秘密莲花部之"根本真言"，包含佛部心、宝部心、莲花部心及金刚部心等内容。"唵"，表示佛部心，念时自己的身体要应于佛身，口要应于佛口，意要应于佛意，认为身、口、意与佛成一体，才能获得成就："嘛呢"，梵文意为"如意宝"，表示"宝部心"，此宝出自龙王脑中，若得此宝珠，入海能无宝不聚，上山能无珍不得，故又名"聚宝"："叭咪"，梵文意为"莲花"，表示"莲花部心"，以此比喻法性如莲花纯洁无瑕：“哄”，表示“金刚部心”，祈愿成就之意，即必须依赖佛的力量，才能得到“正觉”，成就一切，普度人生，最后成佛。藏传佛教把这六字看作经典的根源，主张信徒循环往复吟诵，才能积功德；功德圆满，方得解脱。有藏学家认为“六字真言”应该意译为“啊！愿我功德圆满，与佛融合！”还有的认为其诗意解释是：“好哇！莲花湖的珍宝！”

　　信众们相信轮回。相信因果带来的前生和来世。“六字真言”中的每个字又分别代表着地狱、恶鬼、畜牲、天、阿修罗、人，前三种叫作“三恶趣”，后三种叫作“三善趣”。佛教认为，人的生死是轮回的，如果做恶，下世必投胎于三恶趣中，如果积善，下世才能投胎于三善趣中，但转生三善趣并没有完全脱离苦恼，超越轮回，因此，常常口念“六字真言”，就可关闭自身潜伏的通往三善趣、三恶趣的脉道之门，这样，等到离开这个世界时，就会轻轻松松地走向西天极乐世界。

　　玉树还有一座嘛呢石城也很出名，就是吉曲嘉玛嘛呢，位于囊谦县吉曲乡政府所在的吉曲河对岸，“嘉玛”即彩虹。当地有个传说，文成公主进藏路过此地，有一户叫朝嘉的人家刻了三块嘛呢石献给公主带来的释迦牟尼像。当时，公主让人把嘛呢石放在吉曲河对岸的一块石头上，河东的一位名为觉强拉日嘎宝的山神（一说是千手千眼菩萨的化身）胸射光芒，反射到麻嘛呢上，嘛呢石上竟出现了光芒四射的七彩长虹。于是公主命名为"嘉日玛"，所献嘛呢石为"嘉玛"，献石者为"嘉玛朝嘉仓"，并赠给茶叶和一头骡子。据《囊谦王系谱》记载，嘉玛嘛呢初由唐东杰波（1385—1509）创建。现存嘉玛嘛呢在嘉日玛村东端，1958 年前，有 9 柱和 4 柱经堂各 1 座，分别为嘎日寺和宗达寺所修。经堂西侧约 0.5 平方公里的土地上堆满了嘛呢石。现有 6 柱经堂 1 座，不固定住寺的僧徒 24 人，主要来自属于周巴噶举派的日朝寺和萨迦派的宗达寺。

我到嘉玛嘛呢的那天，是个好天气，几百位信徒正走在转嘛呢的路上，老人们结伴而行，左手捻着念珠，右手转着小经筒，时走时停，在路边的石头上休息片刻，马上又加入转经者的洪流之中，他们生命的全部意义都寄托在这条路上；年轻人走得飞快，几乎能听得见脚底下的风声，似乎在核定着每天的任务；而儿童们则有趣得多，他们一边玩耍着，互相掷小石子玩儿，一边顺着传统的方向，跟着爷爷或奶奶，懵懂地感受着那种神秘的气息，他们天真无邪的笑脸看上去让人心疼。

囊谦县的娘拉地方另有一座名为姜嘎嘛呢的嘛呢石城，玉树人有一种说法，如果能够在同一年转完新寨嘉那嘛呢、吉曲嘉玛嘛呢、娘拉姜嘎嘛呢三座石经城，那么就可以幸运地消除无意之中积聚了三年的业障。

三

结古是镶嵌在长江源头的一颗璀璨的明珠。

人类文明大多起源于大江大河流域，水文化是人类创造的与水有关的科学、人文等方面的物质与精神文化财产。水，作为自然的元素、生命的依托，以它天然的联系，从一开始便与人类生活乃至文化历史密切相关。纵观世界文化源流，水势滔滔的尼罗河孕育了灿烂的古埃及文明，幼发拉底河的消长荣枯明显影响了巴比伦王国的盛衰兴亡，地中海沿岸的自然环境显然造就了古希腊、罗马文化的摇篮，流淌在东方的两条大河——黄河与长江，则滋润了蕴藉深厚的中华文化。水以其精髓内涵已渗入人类文化思想的意识深层。在漫漫的历史长河中，伴随着人类的进化以及对自然的认识，由物质的层面升华到精神的境界。水是生命之源，也是文化和文明之源。水具有丰富的文化蕴含和社会意义，水不仅给人类带来巨大的物质财富，也为社会创造了宝贵的精神财富。

结古正是这样一个汇聚着浓烈精神气息的圣地。

算起来，我与结古结缘已近30年之久，那是1991年的夏天，我第一次用两天的时间从西宁出发到达800多公里之外的结古，玉树美妙的夏天使我很快忘记了旅途的艰难和疲惫，忘情地投入到赛马节的豪情之中。30年来，我无数次地来到玉树，甚至在玉树过年过节，几乎成为一个玉树人。玉树的激情和神奇感染着我，玉树的真心实意感动着我，实际上，玉树也成为我多年来的创作基地，在这里结交了许多良师益友，对我的帮助至今难忘。

玉树在人们心目中是什么样子呢？广袤无垠的可可西里，川流不息的三江之源，鳞次栉比的寺院群落，潇洒飘逸的康巴歌舞……处于群山之中的玉树，自古以来文化璀璨、商贾云集，是一处色彩缤纷的美丽高地。

玉树，在地球的第三极，在青藏高原巍峨的群山之中，这片赭红色的辽阔大地，在南至喜马拉雅、北至祁连山脉、中间横亘着唐古拉的磅礴格局中，上天的杰作——玉树这颗明珠，就镶嵌在唐古拉山脉东沿的巴颜喀拉山南麓，富饶的江河穿越着她，清亮的民歌穿越着她，俊朗的舞蹈穿越着她，虔诚的心灵穿越着她。

玉树占尽天之精华，地之灵光。

自古以来，结古多（结古）、打箭多（康定）、羌多（昌都），"三多"构成了康区的重要集散地，在经济与文化上占据着举足轻重的地位。而结古以顺时针方向旋转的雍仲形象，显示出此地乃不同凡响的风水宝地，更有传说中的四座神山团团护定，保佑着结古人民千年以来的丰衣足食：北方的普索达则是从异乡迁移而来的兴旺之神；南方的西卡冈要呈现出雪狮模样，胸前挂着的宝镜映照出熊熊火焰；西方的东德龙青呈现出大象形状，躺在水里，象头朝西；东方的那拉本巴是一位女性神山，她手持本巴宝瓶，永恒地照拂着芸芸众生。

而更幽深的腹地，深藏着江朵识山和噶朵觉沃山，他们既是藏金纳宝的财富象征，也是玉树人民的福地，万里冰川，千年道行，孕育了玉树儿女勤劳、豪爽、吃苦耐劳和不屈不挠的品格，也孕育了玉树丰富的民间文化。

玉树，是激情的天堂。

在夏天，在美丽富饶的草原，最使人难以忘怀的就是那雄壮有力、粗犷豪放的歌舞盛况。玉树是"歌舞的海洋"，玉树人民"会说话就会唱歌，会走路就会跳舞"，歌舞早已成为玉树人生活中的一大精神需要，在世界民间歌舞中独树一帜，别具风采，有着极高的艺术观赏价值。彩色的长袖甩上蓝天，悦耳的脚铃震响草原，那如痴如醉的舞足，那天生流动的音韵，那感知活力的双手，那自然飘逸的节奏，都会把你带入豪迈的歌舞盛宴之中。

玉树，祖辈的歌谣里你是那么美丽，山水相依，羚羊过了山岗，青草的香气四处弥漫，天上飘下吉祥的雨水，莲花盛开，唐古拉雄鹰正展翅飞翔。

玉树，是心灵的家乡。

江河纵横的玉树大地上，神圣的上师走过，带来祝福的声音：苯教、佛教先后传入，在风光秀丽的山间河畔建造起一座座大殿高堂，留下了完整的宗教理论，成就了一位位高僧大德。至今我们依然能够看到，佐娘古塔云集着信徒，勒巴沟涓涓溪流念诵着"山嘛呢、水嘛呢"，许多留存了近千年的文明，依然在高处闪耀着光芒。我们的精神从而富有，我们的心灵找到了家乡，每当宁静的山谷里回荡起悠远绵长的梵音，我们会流下感激的泪水……

回想十年前的 4 月 14 日早晨，得知玉树地震时，我也立刻陷入了黑暗之中。我的朋友们怎么样了？他们的亲友们怎么样了？我整天都在联系他们，直到电话"打爆"。外地也有朋友来电话问候我，我一方面为大家认为我是玉树人而骄傲，一方面我为横遭重创的玉树而哭泣。

"地动天不塌，大灾有大爱。"灾难牵动了党中央和亿万人民的心，也牵动了中国作家协会的心。中国作协当即作出决定，除了捐款捐物献爱心外，立即组织作家和青海作协共同组成采访团赶赴灾区采访。

接到命令，我们立刻行动起来。短短一天内，组织了十二人的采访团，采购好采访期间的装备。震后第三天，采访团带着中国作协的嘱托，带着作家的神圣使命，奔赴灾区。

雪域高原其实冬天是少雪的，多雪一般在春季。这个时候去玉树是需要勇气的，因为沿路要翻过日月山、河卡山、鄂拉山、姜路岭、巴颜喀拉山、歇武山、雁口山等七八座大山，每座山的海拔都在 4000 米以上，其中巴颜喀拉山海拔达 4840 米。由于海拔高，一路上一会儿飞雪漫天，一会儿冰雹，一会儿沙尘暴，恶劣且变化无常的气候常常使车辆处于危险之中。采访团早晨从西宁出发直到午夜时分才到达玉树结古镇，800 公里的路程整整走了 17 个小时。尽管做了充分的心理准备，震后的玉树还是令作家们触目惊心。

到结古的当晚，没有地方住，我们就借住到玉树州歌舞团的院子，说是院子，其实就是废墟，满地瓦砾碎石，四周是倾斜和满目疮痍的危楼，自带的帐篷就扎在瓦砾中。由于没有电，只好用车灯照明支帐篷，帐篷支好已是凌晨2点多钟。玉树的春夜是寒冷的，气温在-15℃左右，作家们和衣钻进睡袋，凛冽的寒风袭来，不得不再加盖上军大衣。呜咽的风声伴着警笛声、汽车声和犬吠声，这一夜，我们整宿未眠。

第二天，虽然是个晴天，但早晨依然寒冷，匆匆吃了口自带的方便面，作家们就开始采访。灾区的街道到处是救灾车和救援人员，交通非常拥挤，采访车严重受阻，只好又开回大本营，作家们只有步行采访，奔波于灾区震深14公里的范围。

我站在玉树藏族自治州州府所在地结古镇的废墟上时，仍然难以相信灾难真的已经降临，一幕幕景象刺痛了我的眼睛。昔日记忆中这块风水宝地的风采已经荡然无存，曾经传扬着歌声和音乐的大街上狂风肆虐，尘土飞扬，那么熟悉的地方完全让我认不出来了：扎西大同路两旁废墟成堆，西航路上曾经住过的宾馆、曾经加过油的加油站都已坍塌，普索达则路的深处满目疮痍，曾经度过藏历新年的当戴村面目全非，著名的新寨嘛呢石经城则白塔倾圮、经墙倒塌……而最珍贵的生命正在痛苦地受着煎熬，一刻刻挨过最初黑暗冰冷的夜晚。

这迟到的春天里雨雪纷飞，亲爱的玉树让我的心中充满疼痛。穿过瓦砾和木块堆积的大街小巷，看到四面八方赶来驰援的人们云集结古，心中又升起执着的希望：玉树，让我为你祈祷，苦难就要过去，坚强的康巴儿女从未被击倒过，相信你的明天会拂去尘埃，重新生发出明珠的光彩。

4月19日傍晚，结古镇拥堵的交通状况刚刚有所缓解，漫天黄沙也渐趋平息，当地朋友陪我们去了禅古寺。寺院位于结古镇南西航村所在的禅古山腰，建于公元12世纪，是玉树地区著名的噶玛噶举派寺院。地震之后，禅古寺满目疮痍的景象刺痛了我的眼睛，沿山而上的白塔倾圮数座，描画着鲜艳图案的寺院建筑成为废墟，到处都是触目惊心的残垣断壁。

成立巴松堪布告诉我，14日凌晨，那个黑暗时刻到来时，他和另外几位僧侣正准备上早课，眨眼间，突如其来的地动山摇就把他们掩埋在了轰然倒塌的大经堂之中，不知过了多久，其他僧侣才把他们挖了出来。他重见天日后，看到尘土满天之中的寺院已经面目全非，慌乱的人群在活佛和堪布们带领下镇定下来，抓紧时间组织着自救。粗略统计之下，全寺 260 位僧侣中，有 23 位罹难，受伤 88 人，260 间僧舍倒塌，三座大经堂成为废墟，一座佛学院、两座闭关中心、一座护法殿夷为平地，接待室和图书室地基塌陷，墙体裂开，还有 23 座佛塔碎裂为瓦砾⋯⋯损失的价值无法估计。

禅古寺是这次地震中受损严重的单位之一，许多救援队、消防队、医疗队都先后赶来救援，88 名伤员中，一部分重伤者已送往成都、西宁救治。我看到成立巴松堪布的脸颊和手背上还有血痂。他特别提到温家宝总理来寺院视察灾情时给予他们的精神慰藉，温总理说发生这么大的灾难他本人非常难过，希望大家不要失去信心，将来寺院一定会重建，禅古寺的明天一定会更好。

成立巴松堪布说，温总理的话让他心中非常温暖。作为一名僧侣，看到寺院顷刻间化为乌有，就像一名失去家园的孤儿，感到无依无靠，如今有国家的强力支持，有那么多好心人的帮助，他们真的充满感激。

在我们谈话间，忽然耳畔传来熟悉的乡音，转眼一望，只见一辆刚开来的大型救灾物资卡车上拉着一条横幅：化隆县乙什扎村僧俗群众心系灾区。原来是我家乡的人啊，我们的手紧紧握在一起。村支书万玛才让告诉我，他们带来方便面、牛奶、饼干、面粉、大米、矿泉水、火腿肠等等，还有乡亲们特意赶制的 340 个大馍馍，总计有四万余元。我的喉头哽咽，我的家乡也是个极其贫困的地区，对他们来说，饼干、大米、火腿肠、矿泉水都是奢侈品，平时自己是舍不得吃的，有的人家孩子考上大学都供养不起，这次能够倾其所有拿出这么多物资来救济灾区，有难同当的决心可见一斑。随着在灾区所见，其实像我家乡的这种例子比比皆是，西部许多地方都是不富裕的地区，但人们心系灾区、共御灾难的精神彰显出人性中最宝贵、最美好的一面。

禅古寺是青海省级文物保护单位，这次地震中，90% 建筑成为废墟，建筑文物损失最为严重。4 月 18 日上午 8 时，第二炮兵某部赶赴禅古寺帮助挖掘被掩埋的文物。截至 20 日，共挖掘出佛像 1355 座，金佛 2 尊，唐卡 90 幅，经书 5031 册，各类法器 877 件。其他文物还在抢救之中。

我们也了解到，在这次大灾难后，国家文物局立刻启动应急机制，与省文物局的专业人员一起赶赴灾区，勘察文物灾情，制定重建工作计划。希望那些珍贵的文化遗产不久将重见天日。

玉树灾后重建是迄今为止人类在高海拔生命禁区，在制约条件最为突出、生态保护最为重要、民族宗教工作任务最为繁重、基础设施保障条件最为脆弱、土地权益关系最为复杂的地区实施的大规模原址重建，条件之苦、困难之多、情况之复杂世所罕见。但是玉树人民怀感恩之心、建美好家园的决心却从未改变，一个绿色、幸福、和谐的现代化高原新城如愿矗立在三江源头，见证了灾后重建的奇迹。

如今整整十年已经过去，结古，这颗涅槃重生的明珠重新熠熠生辉，我们常常能够在媒体上看到结古的新貌：依山傍水、灵动开阔、充满活力的新城拔地而起，规划完善的街巷，整齐崭新的楼房，新寨嘛呢石经城申遗核心区星光闪烁，格萨尔广场雄浑开阔，博物馆和艺术中心古朴雅致，两河景观和湿地公园绿树成荫，这些体现时代特征、民族特色、地域风貌的标志性建筑，提升了新城品位，彰显了新城魅力，是"新玉树、新家园"的形象代表。尤其从当戴山观景台望去，五光十色的结古夜景璀璨夺目，令人赞叹，这是玉树人民经过十年拼搏、不懈努力，奋力完成全面灾后重建任务的结果。十年，是一场考验，十年，是一次洗礼，"大爱同心、坚韧不拔、挑战极限、感恩奋进"的玉树抗震救灾精神始终是这座雪域新城的脊梁和灵魂。悲壮的大地重新焕发生机，扎曲河在日夜歌唱，孩子们的笑脸正迎着初升的太阳，盛装的人们跳起古老的卓舞，一个更加美丽、更加富饶的新玉树已屹立在了雪域高原上。

当七月的彩云飘来

一 桑烟缭绕话赛马

当七月的彩云飘来

当柏香的桑烟升起

结古多迎来千万匹骏马

扎西科盛开千万朵雪莲

欢乐的歌声穿过天霄

豪迈的舞姿震响大地

因为赛马节已经来临

因为赛马节已经来临

七月的蓝天，七月的草原，享誉中外的一年一度的玉树赛马节隆重地拉开了欢乐的序幕。成百上千的彩色帐篷如朵朵莲花般盛开在美丽的扎西科草原上，人们为夏天而来，为欢乐而来，其中不乏对藏族文化怀着浓烈兴趣的外国游客。

藏族自古以来逐水草而居，随着骏马的奔腾，在广袤的草原上驰骋自由。这个马背民族，对骏马的喜爱如同珍宝一样。藏族谚语中形容英俊的青年，就把他比作骏马；形容高贵的品格，也以骏马美誉；神话传说中的山神护法，也多是骑着白马黑骏；甚至祭祀用的经幡纸旗，也画着一匹匹扬蹄踏风的神马，背着火焰之宝，随着大风起兮，四处飞扬，所到之处，为众神献上甘美的供奉，更为芸芸众生带来吉祥和瑞兆。

马是一种象征，象征着速度、勇气、力量。骏马畅美的线条、流风的速度、可贵的尊严、忠诚的品德、威风凛凛的勇气、威慑邪恶的力量，都是藏族人道德观、价值观中引以为豪的品质。金山银山，不如神驹一匹，因此马不仅是人的良伴，更是最高荣誉的体现。

而比赛，作为一种公平、公正、公开的竞争方式，藏族人自古以来就是以这种方式抉择出英雄好汉，以至战场上戎马倥偬，生活中游牧长风，赢得了爱戴和拥护。英雄格萨尔在少年时代"赛马称王"，从此在战马上开始了拯救世界的伟业的故事，更是让充满了阳刚、剽悍之气的赛马活动，成为藏族人心目中的最爱。在玉树地区，赛马作为传统娱乐活动，可以追溯到吐蕃之时，那时善骑好武的吐蕃先民，曾有过东攻盛唐，南降毗邻，广拓疆域的历史。自从佛教在吐蕃盛行以后，吐蕃人开始逐渐走向忌讳杀生、笃实从佛之路。自此，作为准备战争械斗的赛马竞技，也渐渐演变成纯粹以敬神、娱乐为目的的民间活动。从藏族早期史籍和壁画中可以看到玉树地区的赛马竞技由来已久。据《自显毗卢遮那庙志》记载，公元641年，赛马竞技已成为当地老百姓迎接文成公主的礼仪之一。如今的玉树地区，无论祭山敬神、迎宾送客、操办婚事等喜庆日子，都离不开赛马竞技。州政府则把每年7月25日定为玉树赛马节。

历时七天的盛会，参加演员及骑手数千人，都是来自民间的牧民群众，观众达到数十万人，节目内容丰富多彩，有著名的玉树歌舞表演，民间歌手男女对唱表演，大型草原灯光烟花篝火歌舞晚会，藏族传统民间迎宾仪式，煨桑仪式，藏

当七月的彩云飘来

·085·

传佛教大型宗教舞，乘马速度赛、民间马术表演、牦牛速度赛、拔河赛，以及草原千顶帐篷城展览和丰富多彩的藏族服饰表演等。

玉树的赛马节不仅成为玉树人民的一项文化、经济、政治的重要活动，而且也成为藏族人民心中的一个传统节日，有力地促进了玉树的文化和经济的繁荣发展。近几年来，传统的赛马从内容到形式上都有了很大的发展和变化，赛马节不仅有赛马，而且还有物资交流、经贸洽谈、招商引资等内容，另外还有体育竞技、科普展览、计生展览、国防教育、绘画展览等一系列活动，成为一个综合性娱乐节日。

隆重的盛会吸引着众多国内外的旅游观光者，许多来宾盛赞玉树的赛马节有三绝：帐篷城一绝，民间歌舞一绝，马术表演一绝。激动人心的场面此起彼伏，充分展现了玉树人民独特的生活面貌和多姿多彩的民族文化。

在这个盛大的节日里，家家户户在草原上扎好华帐，摆出美食，男子们呼朋唤友，聚饮美酒，指点江山；姑娘们穿上盛装，三五成群，风韵独好。

赛马，首先以煨桑揭开帷幕，这种燃柏烧香、敬神祭祀的古老习俗，源于苯教。苯教崇拜自然，认为万物具灵，从具体事物中,抽象出一种无所不能的"神灵"来敬奉。苯教兴盛时期,吐蕃初民每当出战,都要以煨桑形式祭祀本族"神灵",祈求保佑。今天这一形式既是古老习俗的沿袭,又是民间赛马竞技的开场仪式。

对于严阵以待的骑手们来说,煨桑如同古战场上的烽火,他们一见烟起,便飞身跃上马背,从四面八方涌向中央赛场,举行隆重的集体煨桑仪式。几百名骑手,有的挎弓佩剑,有的背负杈子火枪,有的模仿吐蕃骁骑,有的扮装成近代藏兵,按着宗教仪轨围着冲天祭烟绕圈时,那威风凛凛、不容侵犯的英气,令人联想起雄狮格萨尔王当年率兵出征的情景,也给赛场披上了古老而神秘的色彩。

煨桑后,接着便是马术比赛。比赛由跑马射箭、跑马耍枪、跑马悬体、跑马拾哈达和长途赛、走马等民间传统项目组成。

跑马射箭,是一项模仿古代骁骑的竞赛项目。参赛者身着吐蕃时期的戎装,腰挎箭筒,手执硬弓,在奔驰的骏马上。弯弓射靶,以命中率决出名次。

跑马耍枪,是一项饶有趣味的传统竞赛项目,颇具观赏价值。它有整套规定动作,要求骑手在有限的赛程内完成,并讲究套路,动作要连贯,姿势要协调。骑手首先从背后取下杈子火枪，用左手举至头顶，顺时针方向转圈；接着将枪支从身后递至左手举到头顶，然后逆时针方向转圈；接下去要从马脖子下把枪传至右手射击靶心。骑术高超的骑手，不仅能出色地完成规定动作，还能不落俗套、匠心独运地从坐骑脖子射击靶心。如果骑手动作迟钝、姿势笨拙，或者骑手跑出了射程，无法射靶，甚至出现哑火等现象，他们的身后便是一片喝倒彩的声浪。

在众多的马上竞技项目中，赛马拾哈达的角逐场面最为激烈。竞赛规定参赛骑手要在疾驰的马背上，把横放在跑道两旁的数条哈达捡回，依据所得数量，决出名次。如在比赛过程中，马匹减速或者停顿，所得哈达就不能算数。

为了使此项比赛有更多精彩场面，过去的组织者还别出心裁地在赛道旁掘出数眼小洞，洞内放进银圆，让骑手从洞中拾取银圆，拾多拾少均归已有。这种直接以现金奖赏骑手的原始方法，颇具诱惑力，角逐场面因而愈加激烈。

跑马倒立和跑马悬体，是两项既精彩又惊险的民间传统马术表演项目，有时会纳入竞赛项目。跑马倒立，动作并不复杂，但难度很大，要求骑手身穿轻装，脚系彩带，在驰骋的马背上稳稳倒立。具体做法为骑手紧握马具肚带，肩靠马脖，下肢朝天。

裁判将视其倒立时间长短、立姿曲直评判分数。

　　跑马悬体堪称民间马术绝技，它要求骑手在奔驰的骏马上，用脚尖紧勾马镫，全身仰面悬挂于坐骑侧面。此时骑手头部几乎接近地面，场面极为惊险刺激。参加跑马悬体的选手，通常脚蹬长筒藏靴，穿着白色长藏衫，外披一件用绸料编织的五色绊胸索。当骏马拖着骑手飞驰时，迎风飞扬的长袖和绊胸索像朵五彩飞霞，令人赏心悦目。

　　除上述竞赛内容外，还有许多非马上竞技项目，给观众增添了不少乐趣。其中赛牦牛最引人捧腹。赛牛，一般都是鼻穿木制牛鼻圈的母牛，康巴方言称其为"娜络"（即牦牛坐骑）。平时驯熟的"娜络"，无论骑手如何驱策仍若无其事，趑趄不前；有的跑至中途、掉转脑袋，背道而驰；有的干脆冲向观众。最后优胜者不一定是良牛，但骑手却是极大的幸运。

二　云衣霓裳话服饰

　　尊贵的人们宴席上光临

　　这正是幸福吉祥的良辰

　　酒浆是雪山心灵里流出的甘露

朋友是银泉边饮露的麋鹿

宴厅像圣洁辉煌的宝殿

仁慈的众神在宝殿里聚宴

心想着最美的颂词

嘴唱出动听的歌声

日月从高空里升起

星辰从半天里升起

今天是祝福的日子

今天是吉祥的日子

赛马节上最引人注意的重要项目，就是色彩缤纷的云衣霓裳——藏族服饰表演。有道是：人生归有道，衣食固其端。玉树的民族服饰令人眼花缭乱，目不暇接。据说，表演队中一位姑娘的服饰总价值就超过 2000 万元人民币，其重量比她本人的体重还重。康巴汉子和姑娘们把各种宝石和金银饰品挂在身上，骄傲地行走在观众们的视线之中。

在玉树，不但可以直接感知藏族服饰文化的多样性和完整性，还可以领略藏族服饰文化的完美性和由此展示出来的独特、浓郁的民族风情。

玉树人的头饰，无论男女，普遍都喜好蓄长发梳长辫，头上或发辫上都喜饰工艺精美的金银珠宝等饰物，尤其是女性缀满琥珀、红珊瑚和绿松石的辫带和长发细辫的头饰，男性长辫盘头、红穗飘荡的康巴汉头饰，不仅漂亮，而且非常独特，别具风韵。此外，还有镶珠嵌宝的项饰、耳饰、腕饰和腰饰等配套饰物，都是制造精巧、造型别致的工艺品，其中镶满珠宝的大小双腰带为玉树藏族妇女所独有，具有强烈的装饰效果和独特的审美情趣。更有那造型多样、形态各异的藏帽、潇洒飘逸的男装、秀气合身的女装、超大裤管的男式白色藏裤、靴鼻上翘而造型精致的藏靴，堪称精美绝伦的民族服装精品，显示了很高的观赏和美学价值。

玉树藏族服装分冬装、夏装两类，并有常服、礼服两种。常见的礼服多达十余种，历史上，衣裙边多镶有动物皮毛，在缝制时拼出各种吉祥图案，衣料多为氆氇、毛呢或绫罗绸缎，礼服的用料之考究，装饰之华贵，堪称服装之冠。常服一般不加任何边饰，女性衣料颜色以纯黑、深红、紫红、藏蓝居多，男性则用紫红、深红和纯白等色彩。

玉树藏族服装在用料、色调、造型、装饰等方面突出素雅大方的风格，简洁明朗，色彩搭配匀称得当。男式藏袍肩宽体阔，后摆留裙褶，袖长而宽，形成一种大方的造型、洒脱的风格，穿着起来很有气派；女式藏袍袖短而窄，简约合身，线条流畅，款式优美，造型精美大方，风格高雅华贵，具有鲜明的地方特色和独特的审美内涵。

玉树藏帽和藏靴形态各异，美观大方。仅帽子就有红缨帽、狐皮帽、羔皮帽、毡帽、高顶帽、簸箕帽、僧人帽，以及富庶人家戴的"才仁金刚"帽等数种。玉树人在冬天喜欢戴长舌金花帽，夏秋季普遍戴遮阳帽，尤其是牧区少女最喜欢的羔皮凉帽，凭借其独特别致的造型，出现在盛大的节庆场合，显得典雅优美。藏靴则分皮靴和毛靴两种，有单层或多层牛皮底，平时爱穿藏式马靴或毡靴。

藏族是个酷爱装饰的民族，玉树藏式装饰品有头饰、耳饰、项饰、手饰和腰饰等，金银质地，镶珠嵌宝，雕花镂纹，工艺天成。女性多佩戴琥珀、珊瑚、松石、玛瑙、翡翠、九眼石、珍珠、象骨等组成的头饰、耳环、项链、护身符、戒指、手镯及腰带、小佩刀、针匣、银链、铃串等，女性的端庄秀美尽在其中；男性的装饰则以武为主，除了头饰、耳环、项链、戒指、手镯、护身佛龛等必要的饰物外，还有权子枪、长腰刀、短刀、弹带、弹盒、腰包、火镰等，充分展现了康巴汉子豪放强壮的阳刚之美。

　　九眼石是一种玉。橄榄状，手指般粗细，两头截平，大多是深褐色，上面有白色或淡褐色的截面纹路，截面与截面之间有一个又一个乳白色圆圈纹，就像圆圆的眼睛一样，所以汉语姑且这样望文生义叫它九眼石。

　　其实并非所有的九眼石都有九个"眼睛"，通常见到的只有三两个"眼睛"，拥有这些"眼睛"的玉已经是非常不简单了，九眼石的价值就在于它拥有的"眼睛"的多少，玉上的"眼睛"越多价值就越高，据说最多的是九个"眼睛"，而这个世上有九个"眼睛"的玉只有两块，一块现在是拉萨大昭寺内供奉的释迦牟尼觉沃仁波且佛像的佩饰，另一块则流落民间，至今不知归属。

　　藏语把这种玉叫作"髓"。

　　髓珠的来历是非常神秘的。有各种各样的说法，有人说髓珠来自吐蕃古墓，也有人说髓来自深不可测的海底或浩茫无垠的天界，总之不是人间凡品，故又有"天石"的说法。藏族人对凡是从天而降的仙品总是情有独钟，这些美丽"眼睛"组成的髓珠，这些褐色的天石，或灿烂闪烁于佛像的衣冠，或精美装扮于少女的胸前，无论在什么地方，髓珠都会把无与伦比的光芒展现在世人的面前。

髓在康地、不丹最多，成为装饰品已有 2000 多年的历史，据说髓的花纹有 29 种之多，每种都有着吉祥的含义。

髓珠虽然因为稀少而价值昂贵，但是大多数藏族人一旦得到质量上乘的髓珠，都会将之捐到寺院里去。古时，质地上乘的一颗髓珠可以交易一匹良马，可见它的价值在当时就不菲。在吐蕃，一位子民如果拥有一颗上品珠宝，在他有意愿或认为拥有这颗珠宝不符合自己身份的时候，唯一的办法就是献给寺院，一来可以还愿，二来认为只有佛像才有资格佩戴最好的宝物。髓珠这种天石便常常被献给寺院，因此我们现在能瞻仰的许多著名寺院里，就能看到髓珠特有的芳容。

髓珠因为是"天石""天珠"，所以除了价值昂贵外，还有另一种功用——藏族相信佩戴这种髓珠会禳灾祛邪，避祸驱魔。一般都是用红色丝线穿起来，挂在脖子上。藏族人对孩子十分疼爱，草原上跑来跑去的孩子们，在他们的脖子上都会发现一颗髓珠或别的珠宝。如果家中只有一颗髓珠，而又有一个家庭成员被病魔缠身或屡遭厄运，那么这颗髓珠肯定佩戴在他的身上。

矿物在藏医史上一直都是可以用来入药的，金、银、铜、铁，乃至玉，所以髓珠也有这方面的功效。如果患有头痛或别的脑部疾患，那么身上佩戴一颗髓珠的话，就会有镇痛和防止昏倒的作用。

髓珠除了种种功效，最主要的仍然是装饰效果，因为它有着流畅的形状、朴拙的色彩、美丽的斑纹，还有天然高贵的质地。由于髓珠的稀少，现在有许多玉质的或石质的仿制品，形状虽然惟妙惟肖，但结构过于工整，纹路过于花哨，失去了髓珠的原始天然之美。

远离农区的草原上，富裕家庭的女孩或男孩脖子上会挂上一串褐色的髓珠，髓珠与髓珠之间用红珊瑚或绿松石间隔，形成色彩的层次感，看上去漂亮美观，佩戴起来大方华贵，一望便知这个家庭的经济程度。我在扎西科草原上见到过一个女孩，她的脖子上有三串由髓珠组成的项链，最大的一颗髓珠上有五只"眼睛"。俗话说，金银有价玉无价，女孩的三串髓珠是够令人咋舌的。

藏族妇女是非常喜欢佩戴饰物的，她们不仅以髓珠做项链，而且还把髓珠或结于发辫，挂作耳坠，托以戒指，或镶于针线盒上，嵌在银腰饰上，髓珠似乎可以佩戴在身体的任何部位，因为它的象征意味实在太丰富了。当然男人们也不甘落后，他们会把髓珠镶嵌在最心爱的腰刀上，刀是每个男人必备的，如果刀柄上有一颗髓珠，那么这柄腰刀就足以引自豪了。

诚然，我至今为止还不曾拥有过一颗真正的髓珠，但我并没有为此而遗憾过，因为髓珠留给我的美好印象，才是我心中真正的宝物。

三　美韵丽调话歌舞

歌之多彩的玉树

是歌的海洋

舞之多姿的玉树

是舞的王国

歌声嘹亮的玉树人

会说话就会唱歌

舞姿超群的玉树人

会走路就会跳舞

青海地区的民族民间歌舞蕴藏量十分丰富。据 20 世纪 80

年代有关部门普查统计，全省民族民间舞蹈有 1400 种左右，民歌近万首。在藏族牧民中，有"会说话就会唱歌，会走路就会跳舞"的说法，说明高原人个个能歌善舞。每逢喜庆节日，人们欢聚一起，高歌狂舞，尽兴而散，表现了高原人豪迈、乐观的天性。

藏民族的民间歌舞是民族文化的组成部分，其内涵极其丰富，涉及历史、宗教、战争、劳动、生活、爱情、民俗等多方面，再现了各个历史时期人民群众的生活情景。这些浩如烟海、包罗万象的民族民间歌舞，凝聚了玉树人民的理想和希望，表现了人们的情趣和追求，反映了人们的精神和生活，是藏民族精神文化的重要载体。

玉树素有歌舞之乡的美称，驰名中外的玉树藏族歌舞，是一部部流动的历史，千百年来流动在玉树这片美丽的土地上。

有一首歌中唱道：奶桶里流着歌，马背上驮着歌，酒杯里斟着歌，草原上飘着歌……这就是玉树民歌的真实写照。在玉树这片神奇的土地上，民歌带着她特有的美韵丽调，流淌了千年，传播了万里，深深地表达着藏族人民的喜怒哀乐，把对生活的眷恋、思想的流变、愿望的追求，化作一支支炫耀歌、英雄歌、祝吉歌、赞颂歌、忧伤歌，飘荡在草原的上空，成为一道歌的风景。

　　民歌中流传最广也最动人的一部分，就是情歌。赛马节是青年男女谈情说爱的最好时光，看那一群群美丽的少女和剽悍的小伙，披着晚霞，踏着暮色，在芳草如茵的花丛峡谷，搭起歌篷，铺起歌毯，垒起歌灶，烧起歌茶，圣洁的情感早已在歌中成熟，爱情的神圣宫殿也已悄悄地敞开了珍贵的大门。

　　我不是随意参赛的骏马，

　　假如你非让我参赛的话，

　　请备上一套精致的鞍子吧！

　　谁说我不跟你比赛呢？

　　我不是随意对唱的男儿，

　　假如你非让我对唱的话，

　　请说一句真心的话儿吧！

　　谁说我不跟你对唱呢？

　　民歌以夸张的手法，巧妙的比喻，多变的曲调，歌唱劳动，歌唱生活，歌唱爱情，歌唱未来，从民歌中我们可以看到银雕玉琢的雪山、飞花点翠的草原，看到热烈奔放的情感、蕴含希望的生活。

玉树舞蹈主要由"伊""卓""热巴""热伊""锅哇"以及寺院的宗教舞等构成，种类多达400余种，其风格粗犷豪放，造型的形象传神，韵律优美生动，内涵含蓄隽永，是世界歌舞艺术百花园中一朵绚丽多姿的奇葩。

"伊"也作"谐"，为藏语"歌谣"的意思，但在玉树，"伊"是既歌且舞的艺术形式。藏区有些地区以其舞蹈队形名为"果谐"（即圆圈舞），也有地方称作"弦子"，不过都是同一种歌舞的不同名称罢了。

"伊"作为一种自娱性较强的民间歌舞，除在节日组织表演性演出外，一般在劳作之余或夜晚，男女青年常围着篝火，以"伊"自娱。它的特点是边歌边舞，手舞足蹈，旋律欢快流畅，舞姿抒情优美，语汇丰富多彩。

在自娱性的舞会上，"伊"多半采用男女舞者各列半圆，合为整圆的舞蹈队形。像《阿拉它拉》《央金卓尕》和《赞丹充络雅松》等曲名的"伊"，不受人数限制，进退自由，老少皆宜，轻歌曼舞，动作难度不大。

在表演性的舞场上，"伊"则要按"序舞""正舞""大圆满"的程序演出。"序舞"以向四方来宾敬酒献礼的动作为主，舞蹈场面颇为生动感人。"正舞"则以赞美家乡山河，歌颂幸福生活，表达男女青年的纯真爱情。"大圆满"就是大结局，它的唱词由五谷丰登、人丁兴旺、国泰民安等吉祥内容构成。它是整场节目能否协调、均衡的关键。为了渲染气氛，它的动作变化会随之增多，因此，演出越近结尾，舞蹈难度越大，并常以各种有节奏的呼声、口哨声推进高潮，直到赢得观众的欢喝彩为止。

"伊"的队形丰富多彩，其中有的与宗教图腾有关。诸如"多吉加章"（交叉金刚形）、"永忠叶庆"（"卐"字形）、"东尕叶庆"（右旋海螺形）、"尼达长者"（日月相辉形）等古老队形，既是藏民族在艺术中自我精神的体现，又是当代民族舞蹈艺术中不可多得的瑰宝。

"卓"是一种表演性较强的民间舞，有的地区称"锅庄"。"卓"和"伊"有着同样表演形式的集体舞蹈，但风格截然不同。"卓"的曲调庄重饱满，动作粗犷豪放。藏民族崇拜鹰，"卓"的动作有不少模仿鹰的雄姿，上肢舞姿多半舒展刚建，下肢多屈曲而有力。

玉树地区的"卓"不同于其他以鼓为道具的"卓"，它是以袖子为主要道具来进行表演的一种舞蹈，动作主要围绕着甩袖来进行。表演时气氛热烈，节奏多变，常常同时有几十人、上百人一起表演。每个舞蹈基本上是从慢到快渐进发展，慢时如鸿毛落地，无声无息，舞姿持重平稳，舒展大方；快时则威风凛凛，气势澎湃，动作粗犷奔放，雄健剽悍，直至发展到极度狂热而结束。玉树"卓"舞服装袖子很长，全都拖在地上，男子舞蹈甩袖幅度大，动作优美潇洒，手臂的运动路线变化多样，旋转自如。腿部的动作幅度也很大，配合着手臂的甩袖做抬腿、撩腿、转身等大幅度的跳跃、移动动作，动作由慢到快，且动作路线以弧线为主，周身协调配合，整个舞蹈节奏鲜明，气势磅礴，将男性舞蹈阳刚、帅气之美充分地展现了出来；而女子舞蹈动作柔美、流畅，甩袖和脚下动作基本与男子舞蹈相近，但幅度较小，整个舞蹈展现出了女性柔美秀丽的风格特点，体现出女性温柔端庄的真我本色。

玉树农区村寨，均保留着一定数量的"卓"。寨民们将这些"卓"奉为寨宝，十分珍惜，并习惯以寨名区分"卓"舞流派，如"白龙卓""察莱卓"等，这些流派风格各异，形式多样，很少雷同。其中最具代表性的有"囊谦卓庚玛"和"新寨秋卓"。

"囊谦卓庚玛"的特点是舞者一律牵手进行足蹈，男女分班唱和，以牛角胡琴伴奏。这种"卓"从音乐到舞蹈以及演出风格，均以古朴、典雅著称。

"新寨秋卓"的风格深沉、凝重，内容严谨、深邃，但忌女性参加演出。它的唱词多数与"新寨嘛呢"有关，如《东宝色巴》《阿尕拉》等作品，都描述了这一"嘛呢堆"的创建过程和白色"嘛呢石"的产地。

据史料记载，"新寨嘛呢"创建于公元1715年，它的奠基人为道丁桑秋帕文。这位修习佛道有特殊证悟的智者，曾在佛教圣地五台山苦习静修八年之久，以后周游诸地，传教布道。后来他来到玉树从事弘传佛教事业，颇受玉树僧俗百姓的敬仰。为了创建藏区最大"嘛呢堆"他亲自创"卓"招徒，以"卓"化众，募集资金。"新寨秋卓"和"新寨嘛呢"，便同时诞生了。

"热巴"是一种以鼓点伴奏，踏节而舞的纯表演性民间舞，过去民间有专门班子，专业性很强，舞蹈者往往须经数年传授苦练，方能胜任角色。它有固定"切末"：男舞者摇铜铃，女舞者敲手鼓；用毛发编成辫条，联成短裙状，系于腰间，其舞蹈动作强烈，表演者情绪奔放，技巧难度极大；各种蹦子和单腿转便是每个男演员在演出中要熟练完成的基本动作；女演员须掌握许多复杂而有规则的耍鼓技艺和平转、串身翻等技巧，在演出中人人均须挥洒自如。

"热巴"，过去通常是一家或几家人走南闯北、卖艺谋生的手段。它在康区形成许多流派。玉树"热巴"是西藏丁青和类乌齐两地"热巴"混合体。玉树民间有好文艺者，常在这两派艺人中，觅师为徒。当掌握技巧后，回乡组班，传授"热巴"，逢年过节常举行非谋生目的的娱乐性演出。

"热伊"过去通常与"热巴"穿插演出。"热伊"旋律优美，艺术语汇丰富，常由牛角胡琴手边伴奏边领舞。它的形式很奇特。如《索莱毛索》，多以模拟鸟儿展翅、觅食、啄食等各种姿态来塑造艺术形象，动作幽默滑稽。又如《仔琼格桑卓玛》，主要把收割、碾轧、打夯、挤奶、背水等劳动动作编成舞蹈，构成艺术造型，以交流情感。素有"藏族交谊舞"之称的《琼珠索南措》，在欢快的旋律中，男女演员并肩携手，用脚尖相互击节，形成热烈而富有情感的舞蹈场面。

"锅哇"是一种民间特有的礼义性舞蹈，通常在具有较高法门的喇嘛或有名望的异乡达官贵人光临当地时，由寺院组织男性俗民表演，举行迎迓仪式。舞者必须身穿高档藏装，脖项饰奇珍异宝，以示当地资财富饶，百姓衣食充足。

"锅哇"，意为持军械进，有它独特的表演程式。舞者首先以纵队形式出场，聆听"锅斜"（锅哇道白），其内容为祈祷天神地祇，颂扬家乡山河，描述当地特产。"锅斜"之后，在唢呐伴奏下，队伍以庄重稳健的舞姿围成一个圆圈。舞者头戴红色长穗高帽，右手持长剑，左手执强弓，轮换慢舞。其场面犹如古代出征将士，带有几分威慑力。它因场面浩大，气派宏大，堪称高原藏式仪仗舞。

藏传佛教各教派，均按各自密宗修习的需要塑造了众多神像，这些神像以跳神形式出现，不仅种类繁多，而且各自还有固定的动作和伴奏乐器，其舞蹈程序不能像民间舞蹈那样随意创新和更改，因此，跳神舞蹈的形式、内容以及演出程序等方面，仍然保留着古老而神秘的色彩。

在玉树地区，任何教派都有跳神习俗，各寺院每逢各自密宗坛场修习，都要定期举行不同规模的跳神仪式，跳神的内容由"森羌姆""杂羌姆""夏羌姆""庚蹉羌姆""孕尔稠羌姆""加羌姆""洒都羌姆""吉色羌姆""达跖羌姆""甲纳羌姆""当京羌姆""足玛尔羌姆""米拉日巴羌姆""求吉羌姆""玛洒代尔孙羌姆""勾日赞吉羌姆"和"巴图孙旧羌姆"等组成。其中既有天界的神仙舞，也有地狱的骷髅舞；有的塑造了佛教传教领袖形象，有的再现了传说中的英雄人物；有的模拟珍禽异兽，也有的保留了古代原生态的舞蹈。跳神的面具更是五花八门，有的横眉怒目、青面獠牙，使人望而生畏；有的慈眉善目，容颜笃定，颇具观赏、研究价值。

近年来，玉树地区各寺院，除了举行以宗教为目的的跳神仪式外，还举行纯为大众娱乐的跳神活动，把跳神这门艺术，也搬进了人欢马跃的民间竞技场所，与民间歌舞竞芳争妍。

绿鬃白狮以欢快的舞步拉开了赛马盛会的序幕。

僧人们的长号和金铃为扎西科草原增添了吉祥的喜悦。

牧民们纵情的歌舞把盛会推向了高潮，舞蹈者腰系彩绸，头上盘着英雄长发，脚铃声声，长袖飘逸，洁白的哈达献给上天，献给大地，献给不远万里而来的客人。

神秘的旋律响起来，动人的舞蹈跳起来，阳光的草原纯净芬芳，清澈的玉树忘情盛开。飞舞的长袖托起夏天炽热的情怀，旋转的脚铃踏响绿草如茵的广阔牧场，那高歌大舞的牧人，来自旷远的天地之间、白云生处，来自孕育了长江、黄河和澜沧江的歌舞王国。

在岁月轮回的日日夜夜，在蓝天白云的青青草原，热情奔放的玉树歌舞在天地之间传达着一种古老而又崭新的主题，那就是珍视生命的来之不易，和对拥有生命的深深谢忱。

生命的节奏是缓慢的，就像民歌中那句悠长而又回味无穷的尾音；生命的节奏又是疾速的，犹如舞蹈里快板的跳动，转瞬即逝。生命的内涵是温暖的，就像歌手唱出的问候和祝福；生命的内涵也是快乐的，犹如舞者跳出的喜悦和深情。

玉树笔记

四　处处莲花话帐篷

宝伞的帐篷披清凉

金鱼的帐篷望欢喜

宝瓶的帐篷聚甘露

莲花的帐篷品高洁

海螺的帐篷闻法音

吉祥结的帐篷结如意

宝幢的帐篷纳勇气

法轮的帐篷转幸福

　　赛马节期间，扎西科草原上牧草茂盛，一片碧绿，到处盛开着一束束、一簇簇姹紫嫣红、灿若云霞般的各种野花，宛如一幅尽善尽美的巨大风情画，而点缀其间的各种各样五彩缤纷的帐篷，形成了一座方圆几公里的帐篷城。

　　玉树的帐篷大小不同，形状迥然，名称各异，主要有"格毛齐"（大帐）、"喇格"（喇嘛帐）、"班格"（官帐）、"笨庚吉布"（老僧地帐）、"它格"（灶帐）、"达格"（斧形帐）"索格"（蒙式帐），等等。有的以形取名，有的按用途定称。过去，帐篷的类型曾被看作是等级的标志。帐篷不仅是藏族牧民必备的生活资料，而且融汇了独特的民间工艺和丰富的宗教文化。其中，最引人注目的要数"帐中之王"的大帐"格毛齐"，能容纳四五百人。传说，在格萨尔王的岭国时期，它是将领们折冲樽俎（外交谈判）、庆功祝捷的重要场所。佛教盛行，寺院林立之后，它又成为佛门传经布道、除灾祈福的吉祥"宝帐"，如今则是赛马的展览厅和聚会筵宴的餐厅。

　　玉树帐篷与其他藏式建筑一样，堪称图案艺术宝库。玉树人喜欢用自己的聪明才智和精湛技艺，把布料裁剪成象征吉祥的各种图腾，镶于帐面。悬于篷门的垂褶帷幔，更是五彩缤纷。帷幔由三个内容组成：上部为白色砗磲念珠状；中部是赤、黄、绿三色虹纹，下部有较长的蓝色褶幔。每当玉树草原上帐篷林立之际，缤纷夺目的帷幔，犹如斑斓醒目的彩虹，装点着多姿多彩的帐群。那座座帐篷像朵朵永不凋谢的雪莲，点缀着美丽的玉树草原。

玉树帐篷上主要的装饰图案是吉祥八宝，也叫吉祥八征，藏语称作"扎西达杰"，是逢凶化吉、远离灾难、办事顺利、财运亨通的象征。八宝是宝伞、双鱼、宝瓶、莲花、右旋海螺、如意结、宝幢、八辐金轮等，据说原是大梵天、帝释天等众天神献给佛陀的吉祥物，后来就变成含有深刻寓意的吉祥象征物。

宝伞：也称宝盖，是古印度帝王所用的伞，如佛菩萨、帝王等居于最高位者才有资格享用，象征消除烦恼炎热，赐予无烦清凉。

双鱼：阴阳和合，生气勃勃，双目大而圆，明亮如珠，象征获得慧眼。

宝瓶：即聚宝瓶，内有长寿甘露，插着如意树，甘露象征长寿和净化心灵的佛法，如意树象征财源不断，事事如意。

莲花：象征出淤泥而不染的高洁品德和如莲花般开放的圆通智慧。

右旋海螺：是海螺中的稀世珍品，据称闻其声者不堕地狱，不转生畜生和恶鬼道，是清净法音传遍世界的象征。

如意结：象征着万事如意、佛陀智慧、圆通无碍。

宝幢：是古印度象征胜利的旗帜，象征战胜四魔（即天魔、五蕴魔、烦恼魔、死亡魔）。

八辐金轮：是古印度传说中统治宇宙的转轮王的手中法宝，传说有此法宝，可以不用一兵一卒，就能征服一切敌人。大梵天和帝释天曾向佛祖释迦牟尼敬献金轮求法，故又称法轮。

赛马节是献给故土的颂歌，也是献给祖先的礼赞。

千百年来与三江之源相依相守的玉树人民，在生产生活中创造出了浩瀚的口述传统和实践经验，世代传承着大量鲜活的口传历史、表演艺术、民俗活动以及手工艺制作，真实地保存了祖先一路走来的欢笑和艰辛，是他们智慧的象征和勤劳的结晶。

春夏秋冬四季轮转，游牧文明和农耕文明交相辉映，在音与画的精美结合中，玉树地区的民族民间传统文化栩栩如生地真切呈现，民族记忆、故土情感、文化自信，在保护和抢救的使命中得以传承。非遗之美妙、民俗之动人，是活在人们心灵里的宝藏。

依怙之地

经幡迎风而舞的地方，必定是人们善心凝结、吉愿托付之处。

派别众多、文物丰富的寺院，在玉树形成了宝贵的人文景观，这些承载着历史和文明的辉煌建筑，经过世世代代高僧大德的加持和信力，坚定而顽强地陪伴着人们走到了今天。

历史上，玉树这块神奇的土地就吸引着杰出的人物前来传经送宝。据传，大约在公元前 200 年以后，名为旺庆·当拉米巴和嘎·嘉哇洛周的两位苯教徒不远千里从象雄来到玉树——现在西藏阿里地区的象雄文化代表着当时青藏高原最先进的文明，他们从喜马拉雅西脉北麓出发，一路披星戴月、风餐露宿，东至玉树后，对玉树的影响非常深远。目前，我们仍然可以从祭祀神山圣湖的一些仪轨中，发现苯教的传承。

这两位文明的先行者曾在结古镇扎西科山苯钦当母卡东的地方坐禅修行，教授弟子无数，改变了当地的民风民俗，使人们在虔诚信仰中建立了宗教文明的最初景象。

嘎·嘉哇洛周在神山下修建了一座苯教寺院，命名为雍仲当泽寺。雍仲当初为逆时针方向旋转的万字符，佛教后来改为顺时针方向，苯教寺院至今仍然以先前方向为准。雍仲包含着永远坚固、永恒不变之意，预示着苯教教义历经千百年风风雨雨，却依旧风范永存的真理。

这座当时堪称壮观的寺院后来毁于和硕特蒙古的兵燹之中。后来，在结古镇木它梅玛山上，修建了另一座苯教寺院：雍仲囊琼寺。

非常可惜的是，苯教在玉树的传承现在已经了无踪迹，我们仅能从日常风俗中看出苯教的遗留：比如天葬、对神山圣湖的崇拜，等等。几千年前，藏族先民就有着天葬的习俗，那时候，天葬的仪式是由苯教祭司苯波主持的，苯波召集神鸟——兀鹫，把逝者的灵魂带往天界。佛教取代苯教后，天葬仪式却没有大

玉树笔记

的改变，这是佛教对已经普及的苯教的妥协。

实际上，苯教在玉树虽然没有直接的形式上的留存，但是给我们留下了丰富的有形或无形的遗产。苯教史把藏族的文明向上追溯到数千年之前，那时盛行的文字、度量衡以及法则，已将一个个先后建立的邦国治理得井井有条，直到吐蕃鼎盛时期，佛教逐渐取代苯教的地位。为了适应新的生产力和生产关系，佛教在西藏大地上广泛吸纳苯教资源，形成独具特色的藏传佛教，虽然苯教势力在形式上处于劣势，甚至被全盘否定，但在藏传佛教的仪轨等形式上却点点滴滴保存下来，因此苯教是西藏文明历史长河中涓涓流淌的源头，在西藏文明史上有着极其重要的地位。

公元 7 世纪前后，佛教开始在玉树传播，宁玛、噶举、萨迦、格鲁四大教派陆续登上历史舞台。

玉树历史上有三大政教合一寺院和四大坚贡之说。三大政教合一寺院指结古的结古寺、称多的拉布寺、囊谦的苏莽德子堤寺。这三座寺院分属不同的教派，结古寺为萨迦派，拉布寺为格鲁派，苏莽德子堤寺为苏莽噶举派。

首屈一指的是结古寺，藏语意为"结古义成洲"，位于结古镇北木它梅玛山上，是玉树最具规模和影响力的萨迦派寺院。

萨迦派在玉树实行的是法统传承，该教派在兴盛时期，大修寺院，广收门徒，扩展势力，教法不仅传播到卫藏、康巴、安多三大藏区，而且在蒙古和汉族地区也有不少萨迦派寺院。后来随着萨迦派政权的衰败，在外地的寺院也相继衰落，有的改宗其他教派，但在玉树境内还留存了不少萨迦派寺院。萨迦派在玉树地区的弘扬与八思巴及其弟子在玉树境内的活动有密切的关系。早在1265年，八思巴从大都返藏，1269年又从卫藏萨迦寺返回大都，来回都在玉树逗留，其间将许多寺院改宗为萨迦派，同时将许多法螺、跳神面具、佛像、佛塔、钹、鼓、金字大藏经等法器和命册赐封给其信徒和属地长官。后来，玉树各地的僧官、贵族将八思巴赐封的各种法器、命册作为圣物，置于殿堂进行供奉，并以此为基础广建丛林，扩大影响。

元末时，结古地区的苯教寺院早已不复存在，取而代之的是两座噶玛噶举派的尼寺和僧寺，扎武头人的红宫也在此时建成。明洪武三十一年(1398)，西藏萨迦派大喇嘛当钦哇·嘉昂喜饶坚赞（1376—?）来此弘扬佛教，得到扎武头人的支持，原有噶举派二寺僧尼迁往别处，当钦哇在原来建筑的基础上建成结古寺。这座玉树北部地区的萨迦派主寺，以建筑宏伟、寺僧众多、文物丰富、学者辈出而出名。整个寺院依山势而建，殿堂错落有致，僧舍井然有序，远远望去，楼阁簇拥、金顶闪耀，象征着文殊菩萨、观世音菩萨和金刚手菩萨的红、白、黑三色条纹纵向绘涂于墙体，一派庄严宝相。其中最醒目的是红色主体建筑"都文桑舟嘉措"经堂，当年由萨迦寺大堪布巴德秋君和第一世嘉那活佛道丁桑秋帕文设计，在德格佐钦寺支持下，扎武迈根活佛主持修建，可容纳1000多人诵经。结古寺历史上出过许多有学识的僧人，较出名的如：喇嘛囊嘎，著有《般若波罗蜜多释》等5部著作；喇嘛才江是当代玉树名医；喇嘛日霍则擅长历史，著有《大日如来佛堂志》及《藏区文物志》等。该寺原藏有嘎·阿尼当巴的舍利，八思巴所赠释迦牟尼唐卡，护法面具和檀香度母，古印度铃杵，传为雄狮大王格萨尔用过的镲、钹，还有扎武部落从象雄带来的宝刀等。由于结古寺盛名遐迩，加之地处结古镇，曾来过许多名人，1937年藏历十二月一日，九世班禅大师却吉尼玛在返藏途中于结古寺圆寂。

扎武部落是玉树地区较早出现的部落之一，约形成于14世纪中叶，即元末明初时期，到解放前，扎武部落头人世系共传承十八代。通过与结古寺的结缘，扎武部落头人掌握政教大权，统领着通天河沿岸扎武及附近几个部落2000余户近万人的政治、宗教、经济、文化权力，使结古寺成为结古地区著名的政教合一寺院。

第二座政教合一寺院是拉布寺，藏语称"嘎登郭囊谢舟派吉楞"，意为"具喜显密讲修兴旺洲"。位于称多县治南 20 公里处，在今拉布乡拉司通（亦名拉莎梅朵塘）学群沟口的嘉日僧格昂却山（狮子跃空山）山麓。沟脑的格拉山、寺后的叶热公嘉山、寺前的玛嘉山，均为该寺神山。

拉布寺是玉树地区的格鲁派大寺之一。早期这里是一座萨迦派小寺。明永乐年间，宗喀巴弟子代玛堪钦元登巴奉师命前来弘法建寺，见拉司通学群沟口山清水秀、风景宜人，便选定寺址，在当地拉布头人尼玛本的协助下，于永乐十六年（1419）改建原有萨迦派小寺，新建经堂僧舍，形成拉布寺。寺院初建，即受到宗喀巴和明王朝的支持。据传，宗喀巴曾赐赠自己的头发、衣饰等作为泥塑佛像的装藏物，并赐度母像一尊，明廷曾赐给护法像一尊和禅杖等法器。寺院建成后，代玛堪钦积极活动，发展势力，扩大影响，很快将原属止贡噶举派的噶拉寺和让娘寺吸收为子寺，使之改宗格鲁派。约在清道光年间，该寺活佛吉热多杰入京觐见清朝皇帝，得到丰厚赐赠，被任命为拉布族百户，管理当地一切政教事务。清同治三年（1864），清朝敕赐小金匾一块。同治十二年（1873），通过西宁办事大臣锡英又赐"普济寺"匾额。至此，拉布寺进入全盛时期，辖子寺18座，除噶拉寺和让娘寺外，尚有本县的邦布寺、色康寺、卡纳寺、休马寺，玉树市境内的刚拉寺、龙喜寺，都兰县的仁乃寺（亦名切贡寺），四川石渠县的石渠寺、嘎伊寺、巴热寺、邦尼寺、本萨寺、木改寺、巴达寺、群科寺，等等。

代玛堪钦元登巴系统一直保有该寺寺主活佛的地位，共传十五世，其中第十三世江永洛桑嘉措，是一位很有远见的活佛，他从北京回来，学习北京城街道建筑经验，改道溪水，整治河床，修筑河堤，重新规划道路和居民建筑，重修寺院围墙、山门，并从西宁、湟中等地驮运树苗，在玉树、称多试种。从此，拉司通道旁绿树成荫。他还从北京请来工匠，就地烧制砖瓦、石灰，培养当地建筑人才。他致力于寺院建设，曾将一座小经堂扩建为具有180根柱子的两层大经堂，新建辩经院，创办该寺"吉索""拉斯吉索""霍仓吉索""公巴逊"等四处商号，往返于康藏与内地，发展积累了雄厚的商业资本，对后世有很大的影响。

拉布寺原设有赤哇（总法台）一人。赤哇从寺内活佛中选任，总揽全寺政教事务。赤哇与其他活佛和本部落百户、副百户组成赤哇会议，为全寺最高权力机构。下设僧官、总管家堪布、翁则、百班（兼任百户）、血索等，分别掌管寺规的执行、经文学习、领诵经文、经商事宜等。

苏莽囊杰则寺亦称"扎西苏莽阿贡寺"，藏语称"巴扎西苏莽隆直林"，意为"吉祥苏莽任运成就洲"。位于囊谦县子曲河南岸毛庄乡，与苏莽德子堤寺合称"苏莽寺"，是原玉树地区政教合一的第三大寺院。

这座寺院属噶玛噶举系统的苏莽噶举派，其创建者帐玛赛·罗舟仁钦，于1386年生于嘎玛江谢地方，父亲玛赛嘉阿，系乜娘部落千户。罗舟仁钦曾学经于噶玛噶举派黑帽系第五世活佛德银协巴（1383—1415），受其耳传密法颇多，后活动于今玉树、囊谦二县境内的桑冬日、帐叶哇、角莫贡、苏莽多松等地，一边潜心修悟，一边招徒授法。传说他弟子众多，最出名的有边·却巴伊西、孜·索南伊西、木娘·贡却松保、多丁·扎西坚赞、拉央·却巴仁钦、扎吾·衷噶江才、杂吉·索南巴舟、吉索·鄂色松保等八大上首弟子；有谢热松保、孜吉多哇、秋格·鄂色僧格等三位二等弟子；有查察洒增玛伊西中、东杂伊西措、布毛扎西仲、阿卓增玛日登仁钦措等四位女弟子。他将底洛巴传承的密集、四座、幻身、迁识、拙火等教法广为弘传，创立了源于噶玛噶举，又有自己特点的苏莽噶举派，传有经文5部，为该派后来的主诵经卷。

苏莽囊杰则寺由于是政教合一寺院，曾经规模很大，寺僧最盛时达到1200人，主体建筑有64柱的叉切玛大殿，两层高的文殊殿，内供历辈噶玛巴药泥像的冷巴仓经堂，40多柱三层结构的德钦则经堂等，另有讲经院、怙主殿、禅院等，供奉有帐玛赛·罗舟仁钦的肉身像。子寺有今囊谦县娘拉乡的直奈寺，玉树市小苏莽乡的苏莽德子堤寺、多干寺、郭乃寺，昌都市的郭荣寺、本宗寺等。历史上寺属活佛颇多，其中嘎文活佛又是苏莽部落百户，下辖众多百长、大干保等官员，管理地方政教事务。

苏莽德子堤寺意为"苏莽甘露坡寺"，得名于洒甘露水于寺院所在山坡的建寺仪式，坐落在小苏莽乡境内的子曲河北岸，与南岸的苏莽囊杰则寺相距约60公里。该寺由苏莽囊杰则寺的创建者帐玛赛·罗舟仁钦的弟子仲扎·衮噶坚赞初建，以苏莽囊杰则寺为主寺，属苏莽噶举派，原有80柱的"卡格玛"经堂、94柱的"颇冲嘉玛"殿、32柱的坐夏殿、24柱的"孔

依怙之地

洒玛"殿和 16 柱的怙主殿各一座。仲扎·衮噶坚赞的历辈转世称为"仲巴仓",由苏莽百户嘎文（兼任苏莽囊杰则寺寺主活佛）委为百长,管理苏莽德子堤寺的政教事务。

玉树藏传佛教历史上有著名的"四大坚贡",坚贡意思为救世主、怙主,是过去西藏地方政府赐封给具有很高佛学造诣、掌握着当地政教权利的大活佛的名号。19 世纪时,玉树的四位活佛获得了这项殊荣,但具体是哪四位,记载上有两种说法,一种是指结古寺的文波坚贡、禅古寺的禅来坚贡、拉布寺的拉坚贡、让娘寺的耸塔坚贡,而另一种说法是指禅古寺的禅来坚贡、拉布寺的拉坚贡、让娘寺的耸塔坚贡、龙喜寺的木萨坚贡。

拥有坚贡的寺院在信徒中享有崇高的地位,比如文青·吉热多杰（1832—1888）,全名巴旺钦·嘎结文慈吉热多杰,系拉布族首任百户,后尊为"拉坚贡"。吉热多杰学识渊博,精通佛理,尤以天文、医学、佛学而知名于佛教界。清道光年间,吉热多杰入京觐见皇帝得到丰厚的赐赠,其中有狮座金属印章 1 枚,清官服 10 套,官轿 1 座,乘马用金辔曼脖,仪仗幡伞钹锣,夜间泛光、重 7 斤的 1 个楠木盘和翠绿玉盘,镀金铜佛像上万尊和用自然红铜铸造的罗汉佛像 16 尊等名贵佛器，还赐有委任其为拉布族百户的锦缎文书。自此，拉布族始为喇咻拉布族，以拉布寺住持活佛转世承嗣拉布百户，集政教大权于一身，管理当地一切事务。清廷还敕予吉热多杰可骑马进出西藏三大寺院门前之特权。因此，他乘骑的枣骝大马也被尊为神马。神马死后被制成标本塑供于拉布寺大经堂。后来他又得到西藏地方政权及三大寺院的认可，并赐予"坚贡"称号，由此，拉布寺在藏区及藏传佛教界的政治地位和声望陡增。清同治三年（1864），皇室给拉布寺赐以小金匾一块。同治十二年（1873），清廷又通过西宁办事大臣再赐题有"普济寺"的佛门悬匾及数十座各式钟表，其中八音座钟被视为稀罕之物。拉坚贡·吉热多杰晚年以高深的佛学造诣而名扬四海，被皇室及众释教人士邀请赴各地广行佛事，云游四方。藏历饶迥土鼠十五年，即 1888 年夏圆寂于北京，享年 56 岁。根据其生前遗言，拉布寺众高僧专程赴北京将其遗体接至故里，按最高礼遇将之盛葬。

禅来坚贡属于禅古寺。禅古寺位于玉树市结古镇南西航村所在的禅古山腰，分上、下两寺，相距约 70 米，初有下寺，后建上寺，故下寺为母寺。"禅古"，直译为"花石头"，得名于下寺附近一块花色磐石。禅古寺历史悠久，据传公元 12 世纪，噶玛噶举派创始人都松钦巴曾来禅古寺活动，从此，禅古寺成为玉树地区著名的噶玛噶举派寺院。现存有 80 柱大经堂 1 座，名曰"江伊扎梅德勒囊江"，系原扎武、拉达、布庆、拉秀四个百户共同修建。相传在一次地震中，其他建筑皆毁，唯此经堂无损，足见其设计之独特，建造之坚固。禅古寺以西藏楚布寺和四川八邦寺为母寺，一直联系密切。寺内原有禅来坚贡、斯日仓和噶玛洛舟三个活佛系统。其中，禅来坚贡为寺主活佛，地位甚尊。该寺有传统的"才周"宗教节日，共有 119 人出场跳神舞。

禅古寺中供奉有 10 粒佛舍利，曾于焚化时呈现彩虹之异相。寺藏《甘珠尔》《丹珠尔》等佛经千余部。此外，著名的"大日如来佛堂"（俗称"文成公主庙"），由该寺和附近的卓玛邦杂寺共同管辖。

据《禅来坚贡传》记载，在历史上，禅来坚贡为莎东肖噶大师（约公元 12 世纪前叶）的转世。莎东肖噶、都松钦巴和帕摩竹巴三人为噶举派创始人之一的塔波拉杰（1079—1153）的三大弟子，都是同时代的康巴人，故史称"康巴三杰"。

莎东肖噶大师因生性慈悲，乐善好施，道行深奥，嗜酒如命，而被称之为"藏族济公"。约公元16世纪初，禅古寺原寺主禅古活佛将自己的法座、寺院及寺属香火部落等拱手让给莎东肖噶大师，从此在禅古寺形成了禅来坚贡活佛转世系统，迄今转九世。

历史上，禅古寺曾多次维修文成公主庙。1946年，第八世禅来坚贡噶玛谢珠秋杰尼玛（1902—1953）亲自主持重新修建文成公主庙，寺院组成四个劳动小组，加之贝纳沟群众的参与，拆除旧庙，挖掘清理埋在砂土中的浮雕、地基及整座庙宇。重修工程期间，他们深挖一米多深的坑，然后用巨石填坑，疏浚淤滞的地下水，以防地基及地面冻胀；在庙宇上方岩壁上凿石挖槽，引漏排水，以防渗漏的雨水浸蚀庙墙和庙内浮雕，历时春、夏、秋三季方才告竣。第二年，聘雇画工多人，对庙内主佛及八大菩萨重塑药泥，描金绘彩，再现了蕃韵唐风的历史原貌和文化遗风。

作为庙主，禅来坚贡画像以莎东肖噶大师的原形绘制在庙内墙壁上，象征日夜供奉九佛像。在庙宇周围还修建了闭关修行的禅房和供群众闭斋诵经的房屋及水力转动的大经轮堂等建筑。

1951年，噶玛谢珠秋杰尼玛派骡马驮队，从四川康定驮购

20 多驮经纸、经版后，印经文，修经堂，历时三年之久，建成了新寨嘛呢大经轮堂，时为玉树地区唯一装有数亿佛经的大经轮堂。1953 年，噶玛谢珠秋杰尼玛圆寂于禅古寺。

　　木萨坚贡属于龙喜寺，此寺藏语意为"拉秀龙喜具喜法轮洲"，位于今玉树市下拉秀乡政府所在地的牙夸山根。龙喜寺周围群山环抱，东有莫海拉让山，东北为拉隆蒙郭山，早年松柏茂密，谓之"寺院神山"，东南和南部是囊顿大山和勒叶颇茸山，巍峨高峻，气势雄伟。寺前，龙曲河自北南流，清澈明净。龙喜，"龙"即龙曲，"喜"即藏语"柏树"的译音，由龙曲河和莫海拉让山上的松柏树而得名。远在吐蕃早期，这里就有一座苯教帐房寺院，传有教徒百人，称之为"本嘉玛"。约在 842 年，吐蕃赞普达磨灭佛，西藏僧人拉隆贝吉多杰刺杀达磨，逃来安多，途经下拉秀龙喜滩，在此曾一度停留活动。今寺周拉隆沟和拉隆蒙郭山名称即由此而来。当时的苯教寺院，由当地拉秀部落头人和嘎吉喇嘛共同管理，故又称之为"拉秀本嘉玛"。嘎吉喇嘛传为现在该寺江森活佛之第一世。后来，西藏佛教后弘，在昌都止贡噶举派名僧雄蚌的活动下，该寺改宗止贡噶举派，曾扩建寺院。18 世纪中叶，格鲁派进一步兴起，七世达赖喇嘛噶桑嘉措应拉秀百户晋美衮却才太的请求，将该寺改为格鲁派寺院，并赐寺名"拉秀龙喜嘎顶群科楞"，自此发展更加迅速，最盛时有活佛13人，僧人多达千人，成为玉村地区18个格鲁派寺院中最大的寺院。该寺在历史上曾毁多次，原保存有673尊佛像《甘珠尔》和《大般若经》等各种法器和丰富经典。活佛木萨仓于21世纪初，由昌都地区大活佛江智委为该寺首席活佛，赐有红色法座。该系统第一世木萨坚贡，为玉树地区的"四大坚贡"之一；二世名为木萨格根玛；三世名为曲结绛巴洛舟丹贝尼玛，他曾获密宗格西学位，在西藏三大寺辩经会上取得"措钦朱古"佛位，据传头戴金顶冠，乘骑饰有金辔头的马可以自由出入各大寺院。求直尼玛系统的活佛曾出任国师。龙喜寺东约5公里处，有山名"日直却哇干贝"，利用天然山洞建有两层静房，山上有大小不等的13组石块、石崖，上刻七字明咒、百字经、无量寿佛经、长寿经、忏悔经等经卷的经文，系该寺僧人巴多在20世纪40年代隐居此山时，一边静修，一边专事刻经，直至1958年而成。

茸塔坚贡属于让娘寺，这座寺院藏语全称为"让娘彭措帖庆楞"，意为"让娘圆满大乘洲"。从玉树藏族自治州结古镇向北行约 30 公里至通天河大桥，沿通天河南侧一边再向西行 10 余公里便是玉树市仲达乡，让娘寺就坐落在乡政府所在地以北的山坡上。此寺相传由止贡噶举派的创始人仁钦贝的弟子康觉多杰宁保创建于 700 年前（元代）。寺院初奉止贡噶举派，明万历年间，第三世达赖喇嘛索南嘉措来青海传教，遂改宗格鲁派，不过这座寺院的经堂内始终供有玉树地区止贡噶举派寺院的护法神阿斯秋吉卓玛塑像。

让娘寺是玉树地区历史较为悠久，影响又比较大的寺院之一，属寺包括邦群寺、邦布寺、尕热寺、扎西拉武寺、龙喜寺等。据传，从前玉树地区改宗格鲁派的 18 座原止贡噶举派寺院，每年于农历十月燃灯节时都会派代表到让娘寺参加佛事活动。让娘寺的香火村庄主要有原上、下隆保部落和叶格、文宗达玛等村。

据《玉树调查记》记载，20 世纪初，让娘寺有住寺僧人 340 人。1958 年前僧人曾达到千余人。主要活佛有茸塔坚贡、康觉、哀肖茸塔、更肖、更肖日东、更肖更巴、嘉色等九个活佛系统。该寺于 60 年代前后关闭，于 1985 年重新开放，后建设有 12 柱经堂 1 座，僧舍 30 间，住寺僧人 60 余人。是一座纪律严谨、教法圆满的显密合一的格鲁派寺院。

1693 年，摄政王第司·桑杰嘉措所著关于格鲁派寺庙高僧传记的《黄琉璃宝鉴》里记载，代夏驰（是康觉仁波切的一个传承）预言求江南将建寺。另一本以黄金写就的《大藏经·注疏部·康觉文集》等全书一百六十三函的大藏书《康觉金藏》中也记载道：索南江措预言求江南将建寺。所以正好可以印证下面这些历史与康觉活佛的传承。据说康觉（南索求江南将）念着《文殊称赞》里的"建造美好法宝幢"时，到达一个称为让娘的洼地，遇到施主（格仓乐吉必）拿着装满酸奶的桶，也正在念诵《文殊称赞》，并且同时念到"建造美好法宝幢"时，两人撞到了一起，因此仁波切想这是个好征兆，于是，施主（格仓乐吉必）供养费用，康觉（南索求江南将）就在那里建寺，名称为让娘寺。

后来康觉（索南嘉措）建造止贡噶举派的嘎让寺，不久在各尊、写尊、特尊的三个地方一夜之间建了奇特之塔。那时，科青叶丹巴哇就遇到了康觉（索南嘉措），便知他是大师所指之人，便将宗喀巴大师的圣言和圣像"像我"交付给他。科青叶丹巴哇是宗喀巴大师的亲授六大弟子之一，返回家乡时，大师给他一尊大师自己的"像我"（是大师说过像自己的一尊身像）并交代弟子："你会见到一个成就者，他的名字中带有'嘉措'

的人。"康觉知道了大师的用意，就发誓道："我发扬格鲁巴的时机已到"，并同科青叶丹巴哇等建造了许多的寺庙。尤其康觉的不同传承持续建造与改造了很多寺庙，新建的寺院有帮卜寺、札西拉普寺、龙喜寺等，改宗格鲁派的寺院有止贡噶举派的嘎让寺、让娘寺等，在今玉树市仲达地方将宗喀巴大师的教义发扬光大。

青山依旧在

一、巴颜喀拉山

从青海省省会西宁市赴玉树，必然途经巴颜喀拉山，这座名山是玉树的北大门，仿佛一位威武的神灵，守护着玉树的北方。巴颜喀拉虽地势高寒，气候复杂，但雨量充沛，是青海南部重要的草原牧场。每当春季来临，就可以看到山间谷地上，牦牛、绵羊远近成群，向阳的缓坡上一块块草滩，像翠绿的绒毯铺盖大地，偶见零星的帐篷点缀其间。玉树盛产被人们称之为"高原之舟"的牦牛和闻名遐迩的藏系绵羊，这里故有"牦牛之都、藏羊之府"的美称。

巴颜喀拉山地区面积约 84000 平方公里，有着丰富的植物资源。据有关资料显示，这里拥有种子植物 1116 种，分属于 64 科，295 属。植物区系特征非常明显，以北温带成分为主，大多数属于中亚成分和东亚成分，且多呈中亚—喜马拉雅—中国西南或中国—喜马拉雅分布式样，具有高原、高山分布的特点。这里被认为是那些来源于横断山和西秦岭的区系成分的一个通道，在高山特化作用和高山生态因子的选择之下，这里的植物获得了适应寒冷和干旱的特性，坚韧地生存在氧气稀薄的风霜雨雪之中，与天地为伴，与牛羊为伍。

巴颜喀拉山在玉树人心目中还与一位旷世英雄有关，雄狮大王格萨尔的故事在这里处处都有遗迹遗物来映照，而这片丰沃的草场正是传说中格尔萨的叔父总管王查根管辖的地方。另外还有一个动人的民间故事，讲述了这座山下发生的爱情悲剧。

一位名叫巴玉的英俊青年，来自查拉山南麓的玛多地方。他出身贵族家庭，受过良好的教育，有着音乐天赋，喜欢弹一把三弦琴。他的音乐打动了许多姑娘，可是他年轻气盛，不愿意早早就受到束缚，因此，他背上心爱的三弦琴，到处游走，打发着漫长的青春时光。当他来到查拉部落时，在一个晴朗的天气里，忽然听到一阵缥缈的歌声传来，那歌声扑朔迷离，哀婉悠扬，轻轻地传到这位贵族青年的耳畔，也传进了他的心房。他举头四望，看到一位美丽的少女正在不远的地方放牧牛羊。朴素的衣裳掩盖不住她的天生丽质，正是她唱着让他心荡神摇的歌儿。

巴玉痴痴地望着她，知道命定的女神已经来到他的身旁，他不由得弹起琴来，远远地为那位少女的歌谣弹着相配的音乐。少女回头一望，看到了陌生的青年，看到了他的目光，也看到了他的闪电般的内心。他的闪电击中了她，她羞涩地转过身去。他们虽然没有交谈，但是配合得天衣无缝的音乐使他们感受到从未有过的默契，一个歌声，一个琴声，让辽阔的山野充满了芬芳，让晴朗的天空充满了欢乐，爱情的力量已经使他们的目光打上了一个结实的结，再也不能轻易散开，他们相爱了。

眼睛向她看去，

眸子朝我望来。

双眼对视之间，

打成姻缘之结。

对岸草地之上，

搭起一座帐篷，

风动帐篷之时，

是我心上人否？

夏水越涨越大，

冬水越冻越小。

我和棕色宝马，

转过源头找你。

　　这位名叫查拉的美貌少女出身贫寒，她的父母要依靠她的劳动才能得以生存，因此她无法跟随心上人远离家乡，巴玉只好留下来，承担赡养老人的责任。可是好景不长，巴玉生病了，病得很厉害，以至很快就不能弹琴，甚至不能走路了。查拉听说山上有一百零八眼山泉，生病的人如果能够喝上这些泉水，就会不治而愈，于是她背起巴玉，走上了寻找山泉的道路。山上的道路曲折而艰难，但是查拉不顾生命危险，只愿巴玉能起死回生，两人重新过上幸福的生活。可是巴玉还没有来得及喝完一百零八眼山泉里的泉水，就与世长辞了。查拉悲痛欲绝，她的眼泪滴落到草原上，草原上就盛开了一对又一对红艳艳的小花……现在我们能看到的这种名为"冬定玛宝"的成对开放的小红花，就知道曾是查拉背着巴玉走过的地方。

后来人们为了纪念这对苦命的恋人，就把这座山叫作巴玉查拉。

巴颜喀拉山还有一种叫法，藏语叫"职权玛尼木占木松"，即祖山的意思，它位于黄河源头与通天河之间，属于昆仑山脉中支东端。西接可可西里山，东连岷山和邛崃山，是长江与黄河源流区的分水岭。北麓的约古宗列曲是黄河源头所在，南麓是长江北源所在。该山地势高耸，群山起伏，雄岭连绵，景象恢宏。大部分地区海拔均在4500—6000米之间，北坡平缓，南坡幽深，多峡谷。

巴颜喀拉山属于大陆性寒冷气候，山区地势高，空气稀薄，气候寒冷，一年之中竟有八九个月飞雪不断，冬季最低温度可达 –35℃左右，因而许多5000米左右的雪山有经年不融的皑皑积雪和终年不化的冻土层。而温暖季节则比较短暂，一般只有三个多月时间，而且气温较低，即使是盛夏季节，最高气温也不过10℃左右。由于相对海拔较高，加之地域辽阔，这里的山峰显得并不险峻，比较平缓。有的山峰浑圆粗犷，有的山峰远看似山，近看像川，山岭之间犹如平原一般广袤平坦。这里有许多终年积雪的高山，处处冰河垂悬。每年春天以后，在强烈的日光照耀下，高山冰雪渐渐消融，融水汇成一股股溪流，滋润干燥的沃土，更为长江与黄河供给水源。

中国古代称该山为"昆仑山"，又称"昆仑丘"或"小昆仑"。著名古籍《山海经》曾有记载："昆仑山在西北，河水出其东北隅。""出其东北隅，实惟河源。"可见远古时代，人们就已认定巴颜喀拉山为黄河的发源地。黄河源流细水涓涓，清澈平缓，注入星宿海，流过这片广阔的沼泽时，速度缓慢，不成河道。

在汉文历史记载中，关于"昆仑"的说法很多，早在春秋战国时期的地理著作《山海经》《禹贡》等书中就有，但当时所说的昆仑究竟在何处，时人还不太清楚。到汉武帝时张骞出使西域归来，霍去病开发西疆之后，才得以实定。《史记·大宛列传》中说："汉使穷河源，河源出于阗，其山多玉石，采来，天子案古图书，名河所出山曰昆仑云。"

至魏、晋、隋、唐时期，由于中原人民与当时居住青海的少数民族来往逐渐密切，中原人民对黄河河源的认识逐步由新疆的于阗南山移到青海境内。由小积石山（拉鸡山）到大积石山（阿尼玛卿山）再到巴颜喀拉山。随之昆仑山的范围自新疆、西藏的边界向东延入青海中部。所以我国古代历史著作中所指的昆仑山主要是指藏北高原、青南高原与塔里木盆地、柴达木盆地之间的山脉。元朝等虽然个别时期曾把喜马拉雅山也称作昆仑，但流传不广，时间不长。

民国时期所指的昆仑山范围十分广大，如民国十九年（1930）出版的《中国古今地名大辞典》中的昆仑山词条称："中国之千山，西起帕米尔高原，东至海滨，长七千余里，为我国最长之山……"它包括横断山、南岭、秦岭、阴山、祁连山、唐古拉山、兴安岭、台湾山脉等。

中华人民共和国成立后出版的著作，对昆仑山的认识基本相同，但其范围特别是内部的划分不尽一致。1980年上海辞书出版社出版的《辞海》中"昆仑山"条称："西起的帕米尔高原东部，横贯新疆、西藏间，东延入青海省境内。长约2500公里。古老褶皱山。西段为塔里木盆地，藏北高原的界山，西北—东南走向……东段成东西走向，分三支：北支为祁漫塔格山；中支为阿尔格山，东延为布尔汉布达山（该书'布尔汉布达山'条又称：'属昆仑山北支'，此两处矛盾）及阿尼玛卿山（积石山）；南支为可可西里山，东延为巴颜喀拉山。"

1979 年人民教育出版社出版的《中国自然地理》中说："在塔里木盆地西南缘的西昆仑山，走向北西，平均海拔 6000 米，公格尔山、慕士塔格山等高峰都在 7500 米以上。位于塔里木盆地东南和柴达木盆地南缘中昆仑山，走向东西，山势稍低，海拔 5000 米左右，为一系列平行山脉组成，北支为祁蔓山，中支为阿尔格山，南支为可可西里山。东昆仑山也分为两支，北支为布尔汉布达山和积石山，南支为巴颜喀拉山。"

《辞海》和《中国自然地理》中昆仑山脉所包括的范围基本相同，但其内部划分却不同，前者把昆仑山脉分为东、西两段，后者把昆仑山脉分为西昆仑山、中昆仑山和东昆仑山。

1981 年出版的 1∶1000000《青海省地质图说明书》，把昆仑山东段近东西走向的山岭称东昆仑山脉。它在青海境内是："近东西向横亘我省中部，东端始于兴海以西，在我省东西长约 850 公里，南北宽 60—120 公里。纳赤台以东名布尔汉布达山，以西在昆仑山主脊以北出现两条北西西相向平行的支脉，北支脉名祁漫塔格，南支脉名喀雅克登塔格。"《青海省地质

玉树笔记

图说明书》中的东昆仑山不包括巴颜喀拉山、阿尼玛卿山和可可西里山。

目前出版的多数地理著作，对昆仑山西段或叫西昆仑山，也就是汉武帝实定的那一段认识是一致的，但对东段或叫东昆仑山的范围认识很不一致。昆仑山内部的次一级山岭，阿尔格山、博卡雷克塔格山、祁漫塔格山和布尔汉布达山，山脊走向近东西，是相对高度和绝对高度都很大的高峻山岭，是青南高原、藏北高原与柴达木盆地、塔里木盆地等大地貌单元的分界线。主要是由前中生代地层所组成，由海西运动而形成的古老褶皱山脉。

可可西里山与上述山岭比较，虽然走向相同，但高峻程度和形成时代不同，阿尼玛卿山与上述山岭比较虽然高峻程度相似，但走向和形成时代不同。巴颜喀拉山的走向、高峻程度和形成时代与上述山岭都不同。中国地图出版社 1974 年编的《中国山脉资料图》中将阿尔格山、博卡雷克塔格山、祁漫塔格山、布尔汉布达山并列为全国的三级山脉；而把可可西里山、巴颜喀拉山和阿尼玛卿山并列为全国二级山脉（昆仑山为全国的一级山脉）。综上所述，将阿尔格山、博卡雷克塔格山、祁漫塔格山、布尔汉布达山合称为东昆仑山脉，并

青山依旧在

与可可西里山、巴颜喀拉山、阿尼玛卿山并列为青海省内的一级山脉。

东昆仑山东起约格柔曲，向西至贝提力克亚河源头，横亘于柴达木盆地以南，青南高原之北，是柴达木盆地与青南高原的分界山脉。东昆仑山脉，近东西走向。在青海省境内东西长850公里，南北宽60—120公里。山峰海拔多在5000—6000米，西高东低，除西部极高山分布较广外，多数为高山，最高峰位于青、新交界处，名布格达坂峰，海拔6860米，是青海省的最高点。山岭北坡长而陡峭，群峰挺拔，雄伟壮观。南坡较短而和缓，相对海拔在500—1000米。5000米以上的山峰多发育现代冰川，寒冻风化强烈。东昆仑山脉主要是由前中生代地层组成的古老褶皱山脉。昆仑山口海拔4772米，是青藏公路的交通要塞。

二、噶朵觉沃山

玉树人说起神山，首推噶朵觉沃，这座海拔5395米的雪峰，占据着玉树人心目中神圣的高处。

传说，它是长江上游流域的众多神山之王，是造福玉树地区的非凡圣地。

　　噶朵觉沃是康区四大神山之一,位列卡哇嘎博(梅里雪山)、贡嘎雪山、夏冬日雪山之中,享誉整个藏区,噶朵觉沃又被当地人尊称为"觉吾夏嘎",意思是容颜洁白的圣尊,坐落在称多县府所在地珍秦乡约 140 公里,距尕朵乡政府约 15 公里。噶朵觉沃周围有二十八个环绕的山峰组成,主峰海拔高达 5395 米,山势高峻挺拔、气势磅礴,主峰终年积雪不化,银装素裹,巍峨壮观。

　　噶朵觉沃山以独特的自然景观、浓郁的宗教色彩、源远流长的神话传说而蜚声雪域,在佛教经典《甘珠尔·大集经》中,记述了噶朵觉沃——这位人格化了的山神在拜师取经时的远大祈愿、积德行善时的无私无畏、悟道成佛时的无量慧能以及赐福生灵时的无限功德。据说,此山是居干净地的菩提萨埵赛邦金刚的道场,因此它又被佛教密宗列为教区内世间二十五大神山之一,成为显密修行者选择的最佳修行地,由此其地位和威望可见一斑。

　　据说在吐蕃时期,吐蕃赞普赤热巴巾曾慕名前来,专程朝拜噶朵觉沃神山,并将此山奉为藏区的重要圣山之一而朝拜供奉。他在途中休息时用过的宝座,至今还珍藏在山下的色康寺

青山依旧在

内。另外，在英雄史诗《格萨尔》中，也记录了英雄格萨尔把神山列为岭国的主要圣山之一供奉祭祀，而且将许多珍稀瑰宝献给山神，其中最著名的是一只金瓶，代表着噶朵觉沃永远装藏着黄金和宝石，造福万代——的确，噶朵觉沃神山脚下有一条黄金河，世代出产着高品位、高数量的沙金。

许多高僧大德朝拜神山后留下了珍贵的记录。据说，藏传佛教宁玛派高僧白玛多德喇嘛远道而来，亲眼看见了神山的奇观异象：他看到噶朵觉沃在万里晴空下，灵现出巨大的九层佛坛，佛坛层层清晰，梯形而上，每层上幻化出奇珍异宝，在片片祥云的缭绕之中，呈现着缤纷的色彩，这盛况空前的佛坛是山神奉献给佛祖的供养，还是信徒们的虔诚感化，为山神敬供的道场？白玛多德喇嘛在朝拜神山后，将所见所闻亲笔记录，誊刻在石碑上，至今存留在神山嘛呢石堆中。还有色康寺的杰松活佛、昌都的江然活佛，也有幸目睹了噶朵觉沃山神的真容，他们看到的山神头戴白色头盔、身着白色铠甲、骑着白色骏马、面庞白净、神色气吞万河，以气宇轩昂、傲然挺立的形象，在山巅留下了永恒的战神姿态。这位智勇双全的大将军，统率将士们捍卫着美丽富饶的玉树，使人们安居乐业，人畜两旺。建寺有 700 年历史的色康寺依据两位活佛的描述，

玉树笔记

在唐卡上绘画出噶朵觉沃战神的辉煌形象，以供万千信徒们瞻仰。

这座千古名山以"奇、高、陡"著称，千百年来以它银白色的盛装，为人们留下了纯洁和神圣的象征。而每当朝阳初升，或是夕阳西下之时，金色的阳光照耀着雪峰，一派金碧辉煌，更彰显出它的富丽堂皇，附和了这是一座永恒的宝藏之山的传说。

噶朵觉沃有许多神奇的地方，每当晴空万里、旭日东升之时，就能看到主峰顶上缓缓冒出缕缕青烟，仿佛大自然也为它的崇高而折服，为它燃起了柏桑，也许是噶朵觉沃为芸芸众生燃起的祈福高香吧。

噶朵觉沃是一座得道成佛的神山，它有自己洁白的形象，还有二十八位将才——绵延在主峰周围的群山，是山神的七名战将、七名法师、七名铸造师、七名裁缝师，他们个个才华横溢，各成风格，充分显示了噶朵觉沃识才之慧眼，爱才之品性，同时预示着这个地区传统手工艺的发达和兴旺。此外，还有传说中的祖母峰、妃子峰、子女峰，以及宝库、酥油箱、战刀、帽子峰等。其中名叫赛姆乃的祖母峰，她略微驼着背、挂着拐杖、双目遥视、神态安详的样子栩栩如生。

传说中，噶朵觉沃父子四人，长子念青桑荣达则，次子杂荣吾布达则，三子赛康达则，均是除恶行善、压邪扶正的干将。

噶朵觉沃的两位妃子峰呈现黛青色的容颜，俏立在群山之中，吾嘎和吾玛，传说前者是从天界迎娶而来的，而后者是从龙宫迎娶而来的。

觉沃帽峰传说是七位裁缝师的杰作，形似格鲁派僧人的智者尖顶帽，预示着格鲁派教义在噶朵觉沃附近的昌盛。

觉沃剑峰削挺而立，直指云霄，长约十余米，传说是七位铸造师鬼斧神工的代表。

护法狮峰则仰望高空，威严凶猛，仿佛立刻就会发出雄狮之吼。

在玛超山峰，有一种奇异的自然现象，无论人或动物，一到此地，立刻被一种青绿色所笼罩，不管你穿着什么颜色的衣服，马匹牛羊是白是黑，一律呈现出青绿的颜色，出奇地一致，因此，人们称呼它为变色山。传说此处是藏传佛教密宗无上瑜伽部本善胜手的坛场，因为本尊胜乐金刚的身色呈现青绿色，所以，此山处处为之浸染。

也有红色的山峰，称为"亚玛盖朗"的地方非常陡峭，常人难以抵达，但信徒们偏偏要走一遭，因为据说一生中只要转过这座山崖，就可以抵消或减轻前世今生犯下的罪过。

　　噶朵觉沃和雪域高原许多山峰一样，至今没有一个人登临过主峰，一个原因是它的高拔，更重要的原因是当地人认为它神圣不可侵犯，它的纯洁和尊严只能远观，不能侵犯。一般转山有三条路径，路途最近的是内转径，仅用半天就可转完，但一般信徒或旅游者不会选择此路，因为它以陡著称，路途艰难险阻、蜿蜒曲折，只有道行高深的僧人们才能完成，如果不熟悉地形，一般都会选择中转径或是外转径。

　　中转径和外转径一般需要两天和五天时间，其中走到玛超山时，一定要屏息静气，保持高度的安静才行，否则互相招呼或是大声说话，都能招致严重的后果：因为此地多有六七十度的斜坡，常有因声音的振动而引发碎石滑坡，甚至雪崩的情况，但正因为它的陡、险、难，更强烈地吸引了转山者，信徒们认为虔心向佛的人自会有噶朵觉沃山神的保佑，它会保佑人毫发无伤，而现代旅游者们更是有着强烈的征服欲、好奇心，认为只有到过如此险峻的高山，才能在人生履历上添上一笔荣耀的色彩。

　　噶朵觉沃山峰的气象变化奇妙无比。夏季时，山底是郁郁葱葱的灌木林，山坡上点缀着五颜六色的鲜花，空气中充满了

青山依旧在

清冽甘甜的气息；冬季时，山巅白雪皑皑，连绵的山峰仿佛张开了圣洁的斗篷，迎候着信徒的到来。当你在山下侧耳聆听时，能够捕捉到万泉奔流的浩瀚声响，那是来自噶朵觉沃的山泉，蜿蜒向前，流成曼宗曲，最终汇入万里长江的上游——通天河中，成为润泽万物、滋养大地的母亲河。

由于当地群众的自觉保护，噶朵觉沃山未曾受到人为的破坏和污染，生态环境保持着原生状态。噶朵觉沃的山沟和山腰生长着茂密葱郁的灌木林，栖息着白唇鹿、马鹿、藏羚羊、岩羊、雪豹、猞猁、黑颈鹤、雪鸡和麝等珍稀动物。山上还生长着雪莲、雪茶、雪滴石、红景天、贝母、冬虫夏草等罕见的高原珍贵植物，以及白花柽柳、黄柽柳、柏树、苏木、高山柳等树种。每当暖季来临，这些植物就为噶朵觉沃换上了春意盎然的绿装。

三、圆满格吉山

玉树北有噶朵觉沃山，南有格吉山。格吉山坐落在囊谦县境内。在囊谦，格吉山的地位非常崇高，因为据说它他是一座很灵验的神山，甚至成为一些寺院的护法。

汉语中的"神山"一词并不能准确地表述出藏族信徒心目

中的众多山灵，信徒们把有着神灵传说的山峰分别称作内日、则日、依德。内日并没有山神，而是有神迹、道场的神山，内日可以转山，藏族认为转山的功德积累，可以保佑来生来世获得善果，但转山并不能带来今生的现报；则日有所不同，则日不用转山，但可以祭祀、祈祷，能获得今生的现报，则日有山神，他的寿命尽管很长，但也有死亡的时候，就是所谓的世间神，所以他不能管到来世。依德是则日的属下，则日是一些大的山神，而依德地位较低，一般性格暴躁，你供奉他，他就对你的这一世护佑有加，如果你一旦停止祭祀，他马上就会报复你。

从地位上划分，内日在神山中地位最高，典型的例子就是冈仁波切，最初是苯教的神山，后来收为佛教的道场，信徒们以一生中转过冈仁波切为荣。则日位列其次，也有既是内日又是则日的神山，比如卡哇嘎博（梅里雪山）、阿尼玛卿等，既有道场，又有山神，所以信徒们不但要转山，还要供奉身着白色战袍、骑着白色战马的山神像，为今生祈福，更为来世积德。而一般地位的则日和依德大部分为红色形象，胯下也是红色的坐骑。

格吉山是位则日，信徒们不必转山，但需要祭祀、煨桑、祈祷。信徒们认为，格吉山的周围神山林立，简直可以说是神山的王国。囊谦的总扎内加玛也是一座特别殊胜的神山，他的特别之处不在于他本身是神山，而是他有召集其他神山的本领。总扎内加玛形状非常像一条蜿蜒而行的巨蛇，传说他本来是一个想要摧毁世界的恶魔，一位道行高深的活佛使用法术镇住了他，让他成为神山，为佛教服务。他的属相为猴，每隔六十年一个轮回的猴年，即他的本命年时，他就召集附近大小一百座神山来到此地聚会，而此时总扎内加玛的能量也是最大的时候，如果有幸能够在这个时候转山，那就相当于同时转了一百座神山，功德无量。

囊谦还有一座山，名为色季山，传说这座海拔6000多米的雪山生肖也是属猴，他在每十二年的本命年时，就会有"开山现宝"的奇迹发生，据说有人曾经亲眼看到过山中出现的宝物，但由于人们笃信佛教，恪守信仰道德，从未在山中取宝，一到时辰，山神就会收回宝物，直到下一个猴年来临。

囊谦有三座生肖同属虎的神山，名为本藏、琼藏、沙藏，山势都很险峻，信徒们认为如果同一年转完这三座神山，功德也是了不得的。

觉拉乡还有一座有名的山，叫作内根玛。据说莲花生大师曾经在此地修行，看到这座妖魔横行乡里，危害民众，于是抓住他，并把他摔到山上，现在山崖上还能看到妖魔被摔贴上去的心脏。莲花生大师用黑塔镇住妖魔，并且预言此地建造的寺院将来有一天达到一千位僧人时，黑塔旁会生长出一口铜锅，足够一千位僧人用餐。青藏高原只有两座黑塔，一座在西藏山南的桑耶寺，一座就在此地。内根玛是马鹿的天下。马鹿成群结队，到处游走，但奇怪的是，从没有人能够猎到它们。据说是虽能看得见马鹿，但只要举枪瞄准，马鹿们就会立刻消失得无影无踪。内根玛在扎曲河畔，冬天时扎曲结冰，转山的人走一天就能转完，到了夏天，河水阻住转山道路，需要两天才能圆满。

格吉山与周围的雪山组成了一个冰清玉洁的世界，这个世界应运而生出灿烂的宗教文化，最辉煌的代表，莫过于 800 年前的根蚌寺时期。

根蚌寺的建成与两个人有关，一位是囊谦王，另一位是高僧直希热巴。

根据藏族历史学者噶·班琼和才培多杰的研究和记载，约在 12 世纪下半叶，囊谦家族第 47 代传人直哇阿路，率族入据玉树南部，成为第一代囊谦王，这个时期，正是藏传佛教后弘各派相继形成的活跃时期。玉树成为各教派创始人及其弟子重要的传教弘法区。在囊谦王的支持下，巴绒噶举派和周巴噶举派在这里传播，尤其是巴绒噶举，成为囊谦王家族早期信奉的主要教派。

巴绒噶举派由达玛旺秋（1127—1198，藏历第二绕迥火阴羊年至第三绕迥土阳马年）创立于后藏拉堆降地方。达玛旺秋师从米拉日巴的著名弟子岗波巴·塔坡拉杰，创建巴绒寺，拥有许多门徒，以密宗大印修法和显宗大印境界教授弟子。据传，巴绒寺常有"空行"汇集，并伴有许多飞禽来聚，名声显赫。后来由于家族不和，纷争迭起，削弱了寺院势力，巴绒噶举开始向外发展，随即进入康区以及囊谦。

达玛旺秋的心传弟子——直希热巴的出现，直接成为建设根蚌寺的主要原因。

直希热巴生于 1128 年，他是西夏国嘎柔察曲地方人，后来成为西夏国帝师。直希热巴 15 岁投师达玛旺秋，获法名"喜饶僧格"，意思是"智慧雄狮"，由于勤奋钻研噶举派法要，成为达玛旺秋的高徒，30 多岁时已颇有声名。1191—1192 年（藏历第三绕迥金阴猪年至水阳鼠年），直希热巴两次到囊谦讲经传法，由弟子勒巴嘎布陪同随行，并察看过后来成为根蚌寺寺

玉树笔记

址的今香达乡峻雄滩。

据说，当直希热巴看到那里奇异的山势和草滩上两匹尽情嬉戏的野马时，兴高采烈地预言：这里是一块吉祥宝地，将来一定会出现一座佛光普照的大寺院。可是过了不久，却看到两匹野马反目为仇，不欢而散，各奔东西。直希热巴遂又预言：这里出现的寺院，最终会祸起萧墙，发生内讧。

直希热巴及其弟子们在囊谦王支持下，在该地和相邻地区先后建立了不少巴绒噶举派有名的寺院，诸如今觉让乡政府所在地的觉让寺（又名觉拉寺，由直希热巴授意创建）；香达乡北5公里处杂毛山麓的杂毛寺（传为直希热巴创建）；着晓乡巴尕村南2公里处的毕日拉庆寺（后改宗为萨迦派，由直希热巴创建）；香达乡东南60多公里扎曲（澜沧江）河畔的让直寺（由直希热巴弟子巴若多杰创建）；香达乡西北30公里峻雄滩的根蚌寺（由直希热巴高徒勒巴嘎布创建）；杂多县苏鲁乡政府所在地普赛卡的邦囊寺（由直希热巴弟子释迦多杰创建）等。其中觉让寺、毕日拉庆寺曾一度成为玉树巴绒噶举派活动中心。根蚌寺为囊谦王族创建最早、影响最大的政教合一的家寺。1201年（藏历第三绕迥金阴鸡年，南宋宁宗嘉泰元年），直希热巴圆寂于觉让寺。

根蚌寺，约在 13 世纪 30 年代，由直希热巴的高徒勒巴嘎布创建。

勒巴嘎布（1138—1206，藏历第二绕迥土阳马年至第三绕迥火阳虎年），又称热巴嘎布，意为"白裙修士"，因随侍直希热巴左右，故亦称"京俄勒巴嘎布"。他是直希热巴的高徒，深得直希热巴真传，尤善"那若六法"，颇有修行成就。

1175 年（藏历第三绕迥水阴羊年，南宋孝宗淳熙二年），者哇阿路与勒巴嘎布携手合作，经多次磋商，"认为归附南宋政府，对于囊谦的发展意义重大，遂前往四川黎州（今汉源），请求黎州官员颁发管理领地文书及允准在囊谦境内修建佛教寺院。黎州官员当即颁发文册，承认者哇阿路囊谦部落的土官，负责管理属民及其部落的行政事务；准许在囊谦境内修建佛教寺院一座，由勒巴嘎布主持寺务；承认登拉滩（今四川邓柯一带）、达金滩（今西藏昌都一带）、劳达秀（西藏三十九族达查一带）、杰爱虎（今囊谦吉曲一带）、羌柯马（今囊谦香达一带）、当卡佳（今囊谦桑珠一带）等 6 个部落和一万户百姓为囊谦的领地和属民"。后由南宋皇帝颁给文册，承认囊谦王的地位和管理范围。这是中央王朝在玉树地区施政的开始，从此囊谦部落与中央王朝确立了领属关系。

直希热巴圆寂后，勒巴嘎布在者哇阿路的支持与参与下，积极宣传直希热巴的遗言，于峻雄滩上建成著名的根蚌寺。该寺初建时即规模宏大，相传内供释迦牟尼像多达 10 万尊，故寺院取名"根蚌寺"，意为"具十万佛身寺"。寺院建成后，由勒巴嘎布主持寺院内部的一切宗教活动。在隶属关系上，根蚌寺为囊谦王家寺，寺院一切生活给养均由王府提供。

根蚌寺建设过程中有一位僧人起到了关键作用，他就是鲁美多杰。鲁美多杰（1226—1292）系勒巴嘎布亲传高徒，本名嘎·当巴更嘎，今四川省邓柯县人，父亲嘎·杰通拉巴，母亲舟萨拉毛，兄弟 3 人，长兄为嘎·切参伊坚、二兄为嘎·当巴松杰。传说三兄弟长大后，老大留居原地，老二成为结古（或云称多）的部落酋长，老三即嘎·当巴更嘎到囊谦投师勒巴嘎布。当巴更嘎向勒巴嘎布刻苦求经，并为修建根蚌寺出力甚多，被师父勒巴嘎布亲切地称为"鲁美多杰"，并授名"松却巴"。"鲁美"，意为建寺不辞劳累，"多杰"，即金刚，"松却巴"，即"吉祥菩萨"之意。囊谦王和鲁美多杰回到根蚌寺后，又从西夏请来土木工匠，大兴土木，修建了背靠石崖可容纳 1500 名僧人集体诵经、具有 120 根大柱的三层"龙索切莫"大经堂，顶层内供有噶举派各高僧大德的画像，二层供有释迦牟尼铜像，底层供僧众集体诵经。

正当根蚌寺扩大规模，兴旺发达之时，王子者哇求吉坚赞与鲁美多杰因内部权力之争而出现裂隙，鲁美多杰愤然离寺，赴藏求经，一去不返。

1265 年（藏历第四绕迥木阴牛年，南宋度宗咸淳元年，元世祖至元二年），掌管全国佛教和藏族地区军政事务的大元帝师八思巴回藏途经玉树囊谦时，寺僧代表数人前往八思巴临时驻地朝拜，一致提出愿将根蚌寺奉献给八思巴，改奉萨迦派，恳求委派一名得力住持。八思巴了解到原住持鲁美多杰离寺赴藏，寺内无得力住持的苦衷后，说："我可以委派一个喇嘛，但这仅仅是宗教行为，不太理想，还是从你们弟子中选一个比较好。"他还建议寺院派人和他一同去西藏找鲁美多杰，并以平等相待的诚恳态度指出，萨迦派和噶举派同属藏传佛教，虽教法有异，但本源同一，各派仍可信奉各自的教法，就这样婉言谢绝了献寺的请求。

1266 年（藏历第四绕迥火阳虎年，南宋度宗咸淳二年，元世祖至元三年），鲁美多杰听从八思巴的劝告，从西藏贡塘寺（在今西藏自治区吉隆县）返回根蚌寺承袭法嗣。他晚年主持修建了 11 柱经堂一座。1292 年（藏历第五绕迥水阳龙年，元世祖至元二十九年）鲁美多杰圆寂，他的舍利塔供放在"龙索切莫"大经堂的第三层供堂中。这位大师的主要著作有《胜乐修炼法》《十三大手印法教材》《金刚道歌》等。

鲁美多杰生前有松确伊乃、松确公保、求成森、相嘉多杰、者哇求吉坚赞等5位高徒，其中最著名的是松确伊乃和者哇求吉坚赞（系者哇阿路之第四子）。遵师遗言，松确伊乃继任根蚌寺住持。松确伊乃，父名松贡，今囊谦县吉曲乡人。他在任期内又修建了一座三层高的大经堂，内供巨型释迦牟尼铜像。正当根蚌寺规模扩大，寺僧增多，香火旺盛之时，囊谦王家族内部产生矛盾，引发松确伊乃与者哇求吉坚赞的不和，在部分僧人的支持下，松确伊乃在寺下另建一座规模相当于"龙索切莫"的丛洒经堂，以示独立，从此，根蚌寺一分为二，者哇求吉坚赞住持根蚌寺，松确伊乃住持丛洒经堂。从者哇求吉坚赞住持根蚌寺起，历任住持皆为王府弟子僧人，根蚌寺正式成为名副其实的政教合一寺院。之后，者哇阿路的幼子松嘉哇、森格日巴的三弟京俄巴丁嘉措都曾担任过根蚌寺住持。

此后就形成了一个传统，囊谦王的家族中，王子中的一人担任囊谦王，另一人就入寺担任根蚌寺住持，完全统揽了当地

青山依旧在

的政教大权。

1274 年，八思巴返回西藏路过囊谦时，驻锡宗达寺（藏语称"宗达文嘎德钦楞"，意为"宗达妙喜大乐洲"），讲经传法并会见囊谦千户，赐给根蚌寺法螺一对（现存采久寺）。给宗达寺赐赠一尊被称为"托巴色"（意为"除障"）的度母像、吉祥水壶一个，以示关怀。八思巴回到西藏后，又从萨迦寺赐给宗达寺一份法旨。法旨特别指出"该寺蒂什察喇嘛系囊谦（千户）家的大喇嘛，为嘎德钦楞寺、求宗寺和阐布冷赛德隆寺三寺之主"，"全藏区均应保护之"。

1408 年（藏历年第七绕迴土阳鼠年，明成祖永乐六年），噶玛噶举派黑帽系第五世活佛德银协巴封赏藏区各地政教首领时，囊谦王森格日巴之弟格西桑珠嘉措迎请德银协巴到根蚌寺讲经传法。桑珠嘉措向德银协巴呈上南宋王朝和八思巴给土王的执照，恳请颁给明朝的印册。德银协巴沿袭旧例，承认囊谦土王的合法地位，并赐赠金章、象牙章、玛瑙章各一枚，文册一份。金章和象牙章上的印文为"功德自在宣抚国师"。文册中规定：凡属囊谦部落僧俗人等，均须服从囊谦王室管理；封桑珠嘉措为国师，有权管理囊谦根蚌寺之宗教活动，同时，又因是王室成员，故有权管理囊谦部落行政事宜。

此文册使根蚌寺地位陡增，"功德自在宣抚国师"的名号从此未变，根蚌寺的权势走向顶峰。

到第五十四代即第八世囊谦王邱君嘉时期，长兄格西邱巴扎巴住持根蚌寺。兄弟二人曾迎请噶玛噶举派黑帽系第七世活佛曲扎嘉措（1454—1206）到根蚌寺讲经弘法，邱君嘉布施牛羊5000头（只），曲扎嘉措向格西邱巴扎巴授"功德自在宣抚国师"称号。

到第五十九代即第十三世囊谦王更嘎扎巴时期，其弟格西索南巴德（1544—1599）住持根蚌寺，这期间兄弟二人迎请噶玛噶举派黑帽系第九世活佛旺秋多杰到根蚌寺讲经授法，旺秋多杰循例授给索南巴德"功德自在宣抚国师"封号。

到第六十一代即第十五世囊谦王洛周嘉宝时期，其弟格西嘎玛拉德（1604—1642）住持根蚌寺。这期间嘎玛拉德赴西藏拜见噶玛噶举派第十世活佛却英多杰，却英多杰同意其承袭"功德自在宣抚国师"称号。洛周嘉宝亡故后，由嘎玛拉德摄理王位。

根蚌寺正在辉煌的顶峰时，厄运开始了。

到17世纪30年代时，崇信苯教并称雄于今四川省甘孜藏族自治州德格、邓柯、白玉、石渠县及西藏自治区昌都市江达

青山依旧在

县等地区的德格土司顿悦多杰（藏语称"白利嘉宝"，即"白利王"），向周边扩张势力，出兵占领类乌齐、昌都、察雄、拉多、囊谦等地，焚毁了囊谦境内建立最早、规模最大的根蚌寺，屠杀僧徒300余众。

囊谦王府携带根蚌寺仅剩的一尊释迦牟尼铜像和先祖者哇阿路留下的一座红坐台，被迫迁往今吉曲乡松宗地方。嘎玛拉德为报毁寺屠僧之仇，联合从拉多地区逃来的康巴寺大襄佐贡觉·涅里沟玛，在青海和硕特蒙古固始汗（1582—1655，藏族称"固始丹增却杰"，意为"国师执教法王"）的军队的援助下，于1639年（藏历第十一绕迴土阴兔年，明思宗崇祯十二年）5月打败白利土司军队。顿悦多杰只身逃匿，翌年11月24日遭擒，不久被处死。从此，囊谦王归和硕特蒙古管辖。

嘎玛拉德在这次战斗中有功，受到固始汗的嘉奖和封赏。1640年（藏历第十一绕迴金阳龙年，明思宗崇祯十三年），固始汗颁给嘎玛拉德的文册中明确规定："辖区之内，寺院三座，尔为寺主，妥为经营，以宏佛法；僧俗人等，汝之属民，善行治理，以安秩序；山川土地，尔之封疆，邻近各部，不得侵犯；派之内差，索之外利，一切收入，均归汝用。……种种权限，准其世袭。”

然而，白利土司之乱以后，囊谦王家族元气大伤，已成废墟的根蚌寺，也根据直希热巴生前的一则授记未予复建。

后来囊谦王府逐渐建立了直属的四大寺院，即乜也寺（亦称“洛哇仓寺”，奉止贡噶举）、贡下寺（藏语称“嘉贡德钦尼玛鄂赛彭措达杰贴青楞”，意为“嘉大乐日光明丽圆满兴旺大乘洲”，奉噶玛噶举派）、桑买寺（藏语称“贤贡囊嘉特庆楞”，意为“慈尊弥勒尊胜大乘洲”，奉周巴噶举派）和池秀寺（奉周巴噶举派）。这四大寺的历任寺主活佛都是囊谦王的灌顶活佛。但是，类似根蚌寺的大寺再也没有出现过。

根蚌寺彻底消失了，我们现在只能看到一片开阔的平台，偶尔还可以拣出几片残瓦，残瓦上精致的图案依稀可辨。远处还能看到一座根蚌乔丹塔。据说释迦牟尼佛祖涅槃时，弟子眷恋，不舍离去，佛祖说，你们可以修塔纪念，见塔如见我。释迦牟尼涅槃后，教区内一夜之间建造出一亿座塔，根蚌乔丹即是其中之一。如今根蚌乔丹塔完全被大大小小的擦擦泥塑像覆盖，形成一座很大的擦擦堆，已经看不到塔的真实面貌了。来转塔的信徒很多，大风中仍然有妇女手持经筒执着地走在转经小道上。

或许转塔也可以慰藉一下再也无法瞻仰根蚌寺的遗憾吧！

代表着当时先进的建筑技术和精美的宗教艺术的根蚌寺，已经消失在历史的长河中，溅起的小小浪花也只是一闪而过的光芒，曾经的辉煌文明一去不复返，空留下后人的一声声长叹……

尼姑们的前世今生

一、走向改加寺

听说并记住改加寺，是因为它位居青海宁玛派尼姑寺院之首，拥有最大的规模和最多的尼姑，又因为它地处偏远，常人不容易见到，更增加了神秘性。

改加寺坐落在玉树藏族自治州囊谦县吉尼赛乡，吉尼赛乡政府所在地距改加寺虽然只有 20 多公里，但不通车，我们只能从相邻的吉曲乡上路，吉曲乡距改加寺有 32 公里，先是沿着吉曲河溯流而上，不久就进到山里，山上的简易公路极其艰难，我们的越野车翻越一个山头又一个山头，路人告诉我们再翻一座山就是，就这样不知翻了多少山头，终于在一个山凹处看到红色的寺院，一算，竟走了 11 个小时。

改加寺，藏语称为"改贡贴钦松却林"，它的建成与一位僧人息息相关，即改加·仓央加措。改加·仓央加措出生于 1846 年，他是改加家族的继承者，自幼聪明好学，渴望出家，但遭到家人的强烈反对，25 岁时竟抛弃妻小，离家出走，远赴他乡求经朝佛，过上了云游僧的生活，直到四十七岁，也就是 1893 年，他的家人不幸亡故，才返回故乡，用全部家资来筹建改加寺，还将自家的六柱厨房改建成经堂。这座经堂后来一直被信徒们看作是招徕福运的吉祥之地。改加·仓央加措于 1911 年圆寂后，当时的囊谦王扎西才旺多杰的兄弟囊文求帐加措被认定为转世灵童，迎进寺院，改加寺由此得到很大发展，最盛时尼姑达到千人，活佛数位，其中囊求活佛曾获得"呼图克图"的名号。

这天是农历正月初五，囊谦的万里晴空静静地铺满了眼帘，山风吹来，洁净的空气中散发着柏香的气息。上山的路上可以看到很多用泥土或木棍堆成的人形模样，有的穿着袈裟，有的披着俗装，仿佛在迎候人们的到来。傍晚的寺院里传来诵经声，尼姑们正在经堂举行着法会。这是藏历铁鸡年末的一个月，几乎所有的寺院都在为新年的到来而诵经祈祷。

改加寺在山坡的高处，雪峰环绕之中，呈现出赭红色的祥和气氛。经堂旁有一架发电机正在轰鸣地工作着。经堂里法鼓的敲击声吸引了我们，进去一看，幽暗的光线中，成百上千只酥油灯摆放在供桌上，暖色调的火光映照着尼姑们的脸庞，她们分列四排，整齐地坐在卡垫上，在三位领诵师的带领下，端详着矮桌上的经书，那慈悲的精神由她们抑扬顿挫的声音传达出来，那温暖的感觉由她们平和宁静的表情传达出来，那安全的光芒由她们发自内心的祈祷传达出来。

二、改加之夜

改加寺的夜晚空气澄明，星光布满天空，站在山坡上，会觉得星星很近，散发着清澈的光明。夜晚实际上并不特别黑，月亮朗照着，一切似乎都是透明的。

尼姑们热情地招待了我们，对她们来说，山外来的人都是稀客，我们坐在暖和的厨房里，认识了更登桑姆、门及却珍、格桑曲美和桑德巴珍。她们都是三四十岁，留着短短的头发，赭红色的袈裟给她们平添了一层端庄的神情。她们都是不善言谈的女子，羞涩地微笑着，把干肉和糌粑——改加寺最好的食物摆放出来。

厨房已经用了一百年，浓墨似的烟油把房梁熏得漆黑一片，只有几处白色糌粑点显现，是尼姑们每年新年到来时抹上去的，今年的火狗新年还未到来，因此看不到新鲜的糌粑装饰。

长长的炉灶把这间房子一分为二，一边是客座，一边堆放着牛粪燃料。我们坐在客座上，隔着炉灶，与她们闲聊。在青藏高原，在改加寺，在离天很近的地方，与急躁的现实世界一下子分隔，时间仿佛已经停止，时间仿佛已经没有意义。

围着热气腾腾的炉灶，改加寒冷的冬天已经离我们很遥远了。

改加寺的大部分尼姑们来自附近几个地方，囊谦的吉尼赛、吉曲和西藏那曲的类乌齐、丁青等地，尼姑们大多数是自愿出家，也有一部分是听命于父母安排，来到改加，这个山重水复、一眼望不见外面世界的地方。

在她们中间，自愿出家的居多，且大多受传统心理影响，认为能到寺院念经度过一生是一种幸福的选择。也有一种家庭，由于家族中曾经出过德高望重的僧人或者活佛，与寺院建立了特殊的缘分，在这种传统下，家族长辈认为后代有义务接替前辈僧人的责任，所以继续送子女到寺院度过一生。还有的家庭因为孩子众多，父母无力抚养，就送到寺院念经，一是解决生存问题，二是为家庭成员和世人祈祷祝福。另外，也有偷跑出来当尼姑的，有的女孩子不满意婚姻而逃婚，也没有其他选择，只得抛弃世俗生活。

改加寺的尼姑们同所有的僧人一样，大部分依然要靠自己的家庭养活，各自的家庭每隔一段时间要为她们送来必需的食品，每年为她们准备一到两套僧衣，家庭条件好点的还会准备一套礼服，在盛大的法会上穿着。实际上许多尼姑很多年里仅仅拥有两套衣服，一套夏装，一套冬装而已。平时，尼姑们每年获得的布施最多时仅有200元，由于这里地处偏僻，交通闭塞，前来观光布施的游客、信徒极其稀少，所以尼姑们的生活非常清贫，晚上睡觉枕的竟然是装了草料的尿素袋子，境况仿佛几个世纪之前。尼姑们也自认不能与其他僧人相比，寺院规定不能出去念经获得布施，信徒们也进不来，对于增加家庭的负担，她们也觉得于心不忍，可是也没有其他的办法。

改加寺没有客房，我只好在一间尼姑打坐的房间里打了地铺。尼姑叫顿珠巴珍，有50岁了，她正在持戒，不能说话、不能吃饭、不能睡觉，她半靠半坐在一张卡垫上，从斗篷里露出一双混浊的眼睛，对我示意表示欢迎。我躺在她的脚下，在她嗡嗡的念经声中渐渐睡着了。墙外总有一条老狗走来走去，在明亮的月光下，它丝毫没有睡意，沿着挂了唐卡的墙壁走出一条孤独者的小路。

我的枕头是一个尿素袋子，里面装着草料，上面铺了一个化纤的枕巾，算是改加寺最好的卧具了，同伴为我加了一床被子，使我在改加度过了一个温暖的夜晚。记得刚睡着不久，突然一个东西从空中掉下来，落到我的身旁，吓了我一跳，第二天天亮后查看，原来是顿珠巴珍供奉在供桌上的一束塑料花。同伴告诉我，这是我与改加的缘分。顿珠巴珍为我找来一面镜子，仔细地看着我梳理头发，她的戒律约束着她不能说话，但她的眼神告诉我，她仍然喜欢女子们长长的头发和头发上花样繁多的发卡。

三、新的一天

我是在顿珠巴珍的诵经声中睡着的，也是在她的诵经声中醒来的。她的位置左方是两架高出一截的卡垫，据说是两位活佛的高座。顿珠巴珍为供桌上的七只铜碗里添了净水，燃了高香，然后到隔壁，也就是寺主活佛的房间，打扫、供水、点香。我们到寺院后，原以为可以拜访寺主，但他不在，尼姑们说，他通常不在寺院，只是有重要的法会他才能出席。

在改加寺，新的一天开始了。早晨的阳光中，尼姑们准备了此次法会的第六天仪式。经堂前点起篝火，尼姑们在院子里坐成两排，上方是供桌，供桌上摆满了青稞、酥油灯、净水、花、香、切玛等各式供品，众多的尼姑手持法鼓、铜钹、长号、短号、海螺，伴着虔诚的祈祷，法乐在空旷而辽阔的山野里响起，她们肃穆的表情令人感动。千乔巴姆是这次法会的主持，她的座前放一只宝瓶，里面插着几根孔雀翎，孔雀翎正在阳光下闪着蓝色的神秘色彩。在她的带领下，法会持续了将近5个小时。法会接近尾声时，只见尼姑们形成一列长队，手持香炉，缓缓而行，在各种法器庄严的奏鸣声中，法会圆满结束。

所有旁观了法会的俗人们都获得一掬经过尼姑们加持的净水。

改加寺除了"曲热"法会外，平均每年有大大小小20次左右的法会，一般7天为期，有些需要8天，也有个别的法会需要 10 天之久。

法会是尼姑们的必修课。每位尼姑的一天都是这样开始的：早晨 5 点集体在大经堂诵经，这也是发电机开始工作的时候，这之前实际上诵经已经开始了，她们都有自己每天必须要念的经文，因此起床、洗漱的过程中，嘴唇里早已朗朗上口。集体诵经后开始吃早餐，然后各位管理者要到各个经堂察看，清点人数，检查纪律。早餐后再念经，直到午餐时候。午餐后，尼姑们可以回到自己的房间里，温习功课，各自诵经，这项工作持续到傍晚 7 点，太阳落山以后，到 9 点左右，开始吃晚餐。

尼姑们一天用五次餐，早茶、晌午餐、午餐、下午茶和晚餐，有时遇到严格的法会时，会用七次餐，即两次粥、五次茶。通常的食品只有干肉、糌粑、面糊、清茶之类。一年到头都难以改变食谱的寺院里，待客的最好食物是一顿面片，放着几粒干肉、几片白菜。由于海拔高，面片在煮熟之前就已经粘连在一起，形成半生不熟的面团。调味品只有盐，而白菜是由几十公里之外的地方运来，她们自己平时是舍不得吃的。

在改加寺的出家人持守着十善戒：不杀生、不偷盗、不邪淫、不妄语、不两舌、不恶口、不绮语、不贪欲、不瞋恚、不邪见。

她们的装饰品极其稀少，除了可以佩戴有宗教法器色彩的装饰品外，其余金银镶宝的耳环、项链、手镯、耳坠等都在禁用之列。这座规矩严格的寺院有一套自己的行为规范准则，准则为一世改加·仓央加措活佛亲笔撰写，可惜在后来的年代里丢失了，现有一份手抄件，是根据老尼姑们的记忆恢复的，就贴在大经堂的门上，让每位出入经堂的尼姑们都看到，以备时时刻刻检点、反省自己的行为。

改加寺很早以前就成为青海宁玛派最大的尼姑寺院，它的子寺有 25 座之多，包括杂多县的丝绕桑庆寺，玉树市的色绕秋吉寺、色绕塔玛寺、色绕更尼寺、年庆寺，囊谦县的东帕德庆林、吉尼赛查里寺、吉曲莫日寺、吉曲巴贡沟日楚寺、吉曲热牙寺，类乌齐县的群科林、更拉寺，等等。改加寺负责推荐教师，为子寺里的学生教授经文，子寺也推荐优秀学生到这里来深造。如果说子寺是中学的话，改加寺就是大学。

改加寺的护法神为公保，名为班公玛尼那保，这位护法神在宁玛派的寺院都有。改加寺另外还有四位特别的护法，是围绕寺院的三座雪峰的山神和一座圣湖的水神，分别名为格吉、保座、江赛和措哈。其中格吉是囊谦最大的神山，坐落在改加寺的南方，远远望去，连绵山峰上雪光粼粼，冬天的格吉更加

尼姑们的前世今生

彰显出神圣肃穆的一面。

四、改加寺规

和通常的寺院一样，改加寺设置有寺院管理委员会，主任由活佛担任，下设有涅巴和秋常。涅巴意思是总管，改加寺有两位总管：格桑曲美和桑德巴珍，负责管理寺院人员的吃喝用度等后勤任务。秋常是管理纪律者，改加寺设有四位秋常，更登桑姆、门及却珍、才旺琼措和德庆巴姆，她们四人负责管理日常起居以及诵经期间的纪律事项。

从寺院内部管理秩序来看，她们还分为 16 个班，每个班12 位尼姑，一位支蚌负责，16 位支蚌与寺主组成议事会，负责选举、推荐、任命寺院里各级管理部门的管理者，诸如总管、多杰洛班和秋常。

多杰洛班是经堂活动中地位仅次于活佛的经师，相当于教授，活佛不在时，可代替活佛行使职权。改加寺的多杰洛班设有三位，江参曲珍、千乔巴姆与俄坚曲珍。

除此之外，还有专门负责某项工作的尼姑。比如登支，负责诵经期间的敲鼓、敲锣，改加寺有十八九位登支；加支，负

玉树笔记

责吹长、短号，有十位加支；东支，负责吹唢呐和海螺，有十一位东支；却蚌，负责法会时敬奉供品、供水等，一般有三位却蚌，大法会时会有更多；涌扎，法会期间诵经的尼姑，改加寺有上百位甚至更多的涌扎；另外，还有真巴，负责供应茶水的真巴通常都是年龄较小，还没有学会念经的尼姑。

改加寺的尼姑们每年有两个假期，夏天时有 10 天，秋天有 20 天，除此之外，其余的 11 个月全在寺院，一般情况下不予准假。

五、多杰洛班

改加寺以多杰洛班的方式肯定了优秀者的成绩。这个位置相当于寺主活佛的助理，一般不会经常更换，是较长期和较稳定的职位；换人时，需要一定的程序。

江参曲珍是现任第一位多杰洛班。她今年有 30 岁，个子不高，身体看上去有些弱。她是位非常内向的女性，腼腆地站在阳光下，和她说话的时候，她都要附在女伴的耳旁，让女伴转告。江参曲珍出生在吉曲，家中贫寒，母亲生了双胞胎后，怕养不活，就把她交给姨娘代为抚养。据说她是位前世就有慧根的女性，一生干净，可是姨娘的乳汁不适合她的成长，她生了病，眼睛受到感染，由于得不到及时救治，一只眼睛完全看不见了，母亲只好将她抱了回来。到八九岁时，江参曲珍在改加寺出家做了尼姑。

在众多的尼姑中，江参曲珍是大家公认的在同龄人当中学习最好的一位。师父说她先天聪慧，悟性很高，小小年纪就表现出优秀的一面，也常常有一些不平凡的经历。据说，她曾在措哈湖里看到度母的宫殿和度母的显像，非常清晰、非常逼真。师父告诉她，前世里修得的缘分才使她得以获得这种殊遇，凡常的人是没有福气看到这些的。我也询问过别的尼姑，她们却肯定地说从未在湖中看到过那种美妙的景象。

在寺院，每位尼姑都有责任传授求教的小尼姑，但都是临时的，只有江参曲珍拥有资格和权利专门从事教授小尼姑的工作，这个责任是改加寺的喇嘛赋予的，喇嘛还赋予她以灌顶的权利。这座寺院除了这位喇嘛，只有江参曲珍获得这项殊荣，但她从未使用过灌顶的权利，她的个性谦虚而谨慎，从不以骄人的成绩表现出狂傲的一面。

千乔巴姆是第二位多杰洛班。进入改加寺的经堂后，昏暗的灯光中，留下深刻印象的就是高坐在领诵位置上的千乔巴姆。

她瘦削而高挑的身材坐在那里，显得与众不同，手持法铃和金刚，在胸前摆出各种手势，庄重而典雅。

第二天早晨，我在法会上看到千乔巴姆，她的右耳边奇怪地插着一支枯草。到中午法会结束后，我找到她问她插着枯草是什么意思，她解释说，因为这几天法会汇聚了许多污物，这些污物与她的生辰八字有冲突，有损她的身体健康，所以她在枯草上念了咒语，戴在耳边，可保佑她不受到伤害。

她声音嘶哑，由于接连 66 天的法会都由她主持，所以非常疲惫，以致影响到了声带。千乔巴姆现在大约 40 岁，她出生在吉尼赛吉乐村，15 岁时在卓晓乡底亚寺的达桑喇嘛座前削发为尼，后来到改加寺。家中只剩下姐姐侍奉父母，姐姐去世后，父母断了生活保障，带着外孙女投奔寺院。寺院特殊照顾，留下千乔巴姆的侄女放牧，帮助维持他们一家四口人的生活。

千乔巴姆由于念经有水平、有经验，所以喇嘛赐予她多杰洛班的位置，实际上担负着喇嘛助理的责任，喇嘛不在时，她负责经堂里领诵的事务。

还有一位多杰洛班——俄坚曲珍，她在经堂法会上诵经时，坐在仅次于千乔巴姆的位置之下。她戴着一副硕大的眼镜，几乎遮盖了她的容颜，敲着双钹的样子很认真，那一阵阵铜钹的

尼姑们的前世今生

声音高远悠长，每一声敲击都振聋发聩。

俄坚曲珍是吉尼赛马嘎尔人，12岁就出了家。她家中共有兄妹五人，她的妹妹不久也跟随她出家来到改加寺。母亲早逝，父亲去世后，她一个哥哥的女儿也在此出家。算起来，她家有四人在这座寺院里朝夕相处，姑姑、她与妹妹，还有小侄女。在囊谦，这种情况很多，由于一位家庭成员到某个寺院，家中的其他成员出家时，首选便是这座寺院。

俄坚曲珍是在改加寺昂桑喇嘛座前削发的，她是个非常刻苦的女子，学习经文精益求精，30多岁的她已经有了在改加寺所有的子寺中教授经文的经历。

六、秋常

在结古的口音中，负责管理寺院纪律的人员称作秋沙，而囊谦人则称作秋常。

33岁的首席秋常更登桑姆一早就出门办事去了，我看见她坐在汽车的副驾驶座上，脸上带着笑容，和我们打了招呼。在这里，副驾驶座的位置是尊贵的，可见她受人尊敬的程度，只是我们失去了谈话的机会，没有更深地了解她，使我有些遗憾。

　　陪同我们的门及却珍是另一位秋常，实际上她给我的第一感觉就是一位管理者，她年仅34岁，容貌秀美，但却中规中矩地执行着职责。她是吉曲吉松内人，14岁时在采举寺阿庆活佛座前剃发。她家有八个兄弟姐妹，四男四女，她排行老二，有一天在山上放牛时，听说这里有一座尼姑寺，就扔下牛跑来出了家，做了尼姑。当时父母知道后很不高兴，现在也接受了她的选择。她来到寺院后，再也没有出去过，一直喜欢这里，喜欢念经，愿意为人们消灾解祸，也没有到别的寺院学习过。

　　第三位秋常名为德庆巴姆，今年35岁，她是西藏自治区昌都市丁青县人，16岁时出家为尼，家中有二男三女，她排行最小。她是自愿出家的，在采举寺阿庆活佛座前剃去了头发，到了改加寺后再也没有出去学习过。她曾经闭过关，被称作"普仓"的关需要七个月在没有光线照不到的屋子里，不出门，不说话，过午不食。

　　这座寺院的尼姑分作尼玛和俄玛两种，尼玛是正式的尼姑，每年只有一个月假期，戒律执行得非常严格，而俄玛是尼玛的接替者，简单说来就是低年级学生，需要经过一系列训练才具

尼姑们的前世今生

备尼玛的资格，因此对她们的管教相对而言比较松散，她们家中有事可以请假，假期也可以随便延长，只是不能缺席正常的法会。德庆巴姆是俄玛们的秋常，或许是经常和少年尼姑们打交道的缘故吧，德庆巴姆的眼神非常纯净。

第四位秋常是才旺琼措，37岁的她正在闭关，直到离开之前我们都没有见上，或许下次来的时候能见到她吧。

七、涅巴

大总管格桑曲美围着围裙忙活在厨房里，她已有46岁，看上去有些疲惫。她在20岁那年，看到采举寺阿庆活佛来到她的家乡吉曲的加玛玛尼地方做法事，便叩头恳请，在他座前削落一头秀发，出了家，后来父母都去世了，三个姐妹也相继出嫁，只剩下一个兄弟在家里操劳。她直到现在仍然认为，做尼姑好，来世好，今生也好。当年母亲支持她自己做主，对于她的自愿出家，母亲也尊重她的选择，没有多加干涉。这或许就是母亲疼爱女儿的一种方式，不愿让女儿像自己一样操劳一生吧。

一年前，在一次经堂的法事活动中，寺主活佛宣布让她站起来，给她系上一根红绳子，当场任命她为涅巴——总管，嘱咐她好好管理寺院。

这样，格桑曲美就在厨房里忙了一年多，厨房一年到头都烟熏火燎的，食品单一，供应缺乏，但她还是在极其有限的条件下，任劳任怨地履行着自己的义务。

我们认识的第二位总管，依然在厨房里。现年35岁的桑德巴珍笑起来有两个酒窝，很甜美，她的围裙也是常年不离身，系着几枚钥匙，表明她的身份。她是家里七个兄弟姐妹中的老大，老家在吉曲的热乡，她很早就听说过改加寺，向往着尼姑生活，最终她如愿以偿地来到了改加寺。

桑德巴珍管理全寺院的粮食储存、整理和清洁家务，是一名好管家。但她的愿望并非是做一名总管，总管的名分对她来说不大重要，她认为自己没有什么特别之处，总管的位置也是"随便"做上去的，是活佛赐予她，她不得不担任而已。总管虽然名声大，但让她操心的事情太多，零碎事多，甚至没有时间进入经堂念经。她有些赌气地说，她不喜欢做总管，而喜欢念经，愿意和大家一起坐在经堂里，心平气和地念经，过上早诵晚祷的生活。

八、最大的尼姑和最小的尼姑

我说的最大最小并非职务排序，而是指年龄而言。

改加寺最大的尼姑已有 95 岁。在这样的穷乡僻壤，如此高寿的确让人惊奇。门及却珍带着我们去看望她时，她在自己低矮的房间里念着经文。房间光线很暗，以致一下子不能看到她，她躺在一架兼作椅子和床双重功能的木板上，厚重的几层被子包裹着她，几乎淹没了她瘦小的身体。由于长久没有晒到太阳，她的面庞非常苍白，纵横的皱纹刻写着一生的命运，深深的眼睛曾经多么美丽，如今虽然已经失去光彩，但那两束火一样的目光仍然是那么执着。她躺在被窝里，左手摇着经筒，右手捻着念珠，仿佛从来没有停止过，这样一幅静与动的画面从此将永远留在我的心里：静静的老人，眼珠都不曾闪动一下；静静的房间，空气都似乎停止了流动；静静的阳光，只照耀到门前一小片空间。而老人手里的经筒在飞速地转动着，念珠在飞速地转动着，它在记录着什么？记录女人一生的幸福，还是对信念的执着追求？记录女人一生的无奈，还是记录往生的路途？如果不是记录，那么是在消解着什么？消解这一生的罪恶，忏悔这一生，为下一生的好运做好准备？这样的消解，需要有多少数字的累计才能完成？

往生的路途是那么漫长，又是那么短暂，我们每个人，都在有意无意地做着准备，好的或是坏的，都会记录在案，总有一天，当我们面对死亡时，我们的案底就将公开。

这位老人是吉尼赛人，在16岁时出家做了尼姑，一想到以后自己将成为儿女的负担，就生出厌离心，来到寺院后，就再也没有出去过，她的一生都奉献给了佛祖。她有个兄弟，在巴嘎牧场做牧人。兄弟的两个女儿也相继跟她来到改加寺；兄弟还有一个儿子，现在是东帕一座寺院的活佛。一年半以前，老人生病，瘫痪在床，从此，两位侄女担负起她的生活。命运就是如此无常，她最担心的事情还是发生了，她必须依靠两位侄女的照顾才能得以维持正常的起居。

囊谦人把尼姑称作"根玛"，"根"意为慈悲，"玛"专指女性。改加寺有七八岁的出家人，但她们还不是根玛，只有到十四五岁剃度后开始正式念经，才算根玛。

改加寺最小的尼姑法名叫作高乔巴珍。她站在经堂前的阳光下，黑幽幽的眼睛羞涩地望着地上。她只有14岁，却已有了7年的出家历史，7年前她在噶尔寺活佛的座前剃度，并获得了这个法名，新的名字，新的人生，但并未改写她的命运。由于她出身于吉曲热格一个具有慧根历史的家庭，她一出生就意味着将来必定要为宗教献身。她的祖上曾出过一位有名的僧人改加·仓央加措——改加寺的创造者，因此这个家族历代属于寺院，高乔巴珍的母亲在最小的儿子出生后难产去世，父亲便把四个兄弟姐妹全都送到改加寺院，让他们终生与经卷、油灯为伴。

　　高乔巴珍还没有经过闭关训练，也没有获得灌顶仪式，她还需要学习 5 年，目前改加寺正有 20 位尼姑在闭关，3 年后轮流一次，高乔巴珍被安排在下下次，但她现在已经有资格参加正式的法会，她不打算到别的寺院学习。

　　高乔巴珍纯真的眼睛令人难忘，她即将迎来怎样的青春岁月，又将迎接怎样的苦修与乐趣……

九、"曲热"法会

　　大经堂里供奉的是莲花生大师铜像：改加寺继续着宁玛派的传承。

　　宁玛派比别的藏传佛教派系早出现 300 年，由莲花生大师在公元 8 世纪从印度前往西藏弘传，讲究秘密传承，教义主要有 "九乘" 和 "大圆满法"，九乘中的前三乘概括了显宗各派，也叫作 "共三乘"，四至六乘相当于密宗分法中的作部、行部、瑜伽部，也叫作 "外密乘" 或 "无上外三乘"，七至九乘相当于密宗分法中的无上瑜伽部，也叫作 "内密乘" 或 "无上内三乘"。大圆满法指的是不起分别心，让心安住于一境的修习方法。

宁玛派的修习中有一个重要部分，就是那若巴传下来的 "那若六法"。那若巴于公元 11 世纪出生于印度，是得大成就者底洛巴的弟子，西藏玛尔巴译师的上师，为玛尔巴传授了胜乐密法以及那若六法。这六法有两种解释，一是说脐轮火瑜伽、光明、幻身、中有、往生和夺舍，一说是脐火、光明、幻身、双运、往生和夺舍。

那若六法之首要即脐轮火，也称作猛厉火，或名绝地火，是密宗圆满次第中的根本法之一，教导修习者的意志要集中坚守存在于下腹部的脉、风、明点，以使脐中针影（形如倒竖梵文字母 "阿"）燃起熊熊火焰，光芒四射，功能猛厉，能焚烧一切不净蕴界，灭尽一切烦恼思想，迅速生成智慧，获得成就。

改加寺的尼姑们奉行着这样的修习方法，为了考验修习的程度，每年的蛇月十五日，都要举办一个神秘的法会，这个法

尼姑们的前世今生

会的名字叫作"曲热"，目的就是来证明修习者们获得的成果。

所谓蛇月，通常应该在公历的元月、农历的十二月。由于2005年藏历中有闰月，所以推后了一个月，实际上也可以这样记住这个日子，就是藏历新年的前一个月。毫无疑问，蛇月是一年中最冷的月份，而十五日又是最冷的月份中最冷的一天。

能目睹"曲热"法会的人是幸运的，因为据说这个功德相当于转了一圈杂日山。转杂日山的路途非常艰辛而曲折，而且据说杂日山每六十年即一个甲子，才开一次光，能遇上开光的日子是最万幸的，因此许多人都因为一生到不了杂日山而抱憾。所以，能看到"曲热"法会，也算是这种缺憾的补偿。

"曲热"法会只有闭过关的尼姑才有资格参加。

在改加寺，闭关有几种形式，一种称作普仓，一次闭关七个月，因为这个经文念一遍需要七个月，闭关期间不能出门；另一种称作格松，需要闭关三年三月零三天，闭关期间在固定时间内不能说话、不能睡觉、不能饮食；还有一种称作农内，也需要七个月，闭这种关时一天可以吃饭说话，隔一天则不语不食不睡。

由于寺院建设还不完备，闭关室远远不够，为了能让尼姑们全部都有机会闭关，只能轮流，大家都有着及早进行闭关的迫切愿望。

但闭关后不能马上就参加"曲热"法会，还要接受喇嘛灌顶，获得参加"曲热"法会的资格，然后在三年中练习口诀、密法，才有资格参加。

在这最寒冷的一天深夜，圆满的月亮升起时，参加法会的尼姑们将衣服全脱在一个房间，裸体走到另一个房间，一开始要打坐，念诵《喇嘛江布》经和《桑德》经，然后用凉水打湿一块两尺见方的白布，披在身上，走向寺院外面。

她们要裸体环绕寺院而行。这之前，已经有四个水桶摆放在寺院四周，每个桶里都盛满冰凉彻骨的河水。她们每走到一个桶前，就要把披单取下来，重新泡在水里，不能拧干，再披到身上去，然后继续缓步走向下一个桶，周而复始，直到月亮西沉，东方出现第二天的曙光。

这在常人看来简直就是难以想象的，但是对于修习过密法的尼姑们来说，这样的修行方式是其大展"法力"的机会，因为她们中有许多人据说都已获得了脐轮火法的真昧，在寒冷和凉水的双重压力下，会丝毫感觉不到冷意，而身体产生的热量也能够将披单烘干。等她们走到下一个水桶时，白色披单已经完全干透，这等于是给上师交上了一份满意的答卷。

据她们所知，这种法会除了宁玛派之外，噶举派的寺院也有。改加寺是 20 多个子寺的母寺，具有良好的学习和修炼的传统，这里可以说是一所综合学校，其他子寺专修某一种专业，而这里的修习是全面的，别的子寺虽然也可修习那若六法，但却没有资格举办"曲热"法会。

江参曲珍在"曲热"法会上是出类拔萃的一位，据说她的披单在一夜间可以烘干达 30 次。她说平时也要练习，但不能把它当成专业专门攻取，而是要多种法门齐头并进，训练时不宜打湿披单，而是要在耐寒能力上多下功夫。

总管格桑曲美据说也曾有二十几次烘干过衣服，她在六年前出关，以后年年参加"曲热"法会。

桑德巴珍也闭过关，普仓、格松、农内各闭过一次，"曲热"法会只参加过五六次。

千乔巴姆闭关普仓、格松各一次，小型的闭关经常有，她对于"曲热"法会的话题比较淡漠，她说她也有过 30 次能干透披单的经历，但不愿意多说，因为喇嘛嘱咐过，对于没有受过灌顶的人来说，喇嘛的准许是非常重要的，否则自己会有罪过，护法神会惩罚。她已参加过二十五六次"曲热"法会，除有一年姐姐去世，她去奔丧，耽误过一次外，其余每年都没有例外。

俄坚曲珍据说也有二十七八次烘干过披单。她说当时意识上感觉不到冷，但皮肤却冻裂了，不过法会后也不用任何保护措施，正常起居，过一段时间，冻裂的皮肤就会自愈。

残酷然而更能体现力量的"曲热"法会使尼姑们度过了一个个寒冷的冬天。

改加寺的尼姑们是这样一个群体：在极其恶劣的生存条件下，仍然能够拥有进取心和慈悲心，不忘上师嘱咐、互相鼓励、勤勉学习，一次次在提高，一年年在进步，她们在救度自己的同时，还为世界上所有的生命祝福。正如江参曲珍所说，她愿意用自己短暂的一生，为世间三界众生，为凡有生命的生灵，祈祷安宁和吉祥，真诚地祝愿大家早日脱离苦海，过上幸福的生活。

英雄所到之处

一、丰富的民间资源

八辐虹光现天空，

吉祥花雨降人间；

莲花盛开的国度里，

拯救众生的雄狮王，

诸佛的事业集一身，

诸尊的智慧聚一处，

有形的敌人要摧毁，

无形的魔鬼要制服。

《格萨尔》是举世公认的藏族说唱文学巨著，堪称世界上最长的史诗。《格萨尔》以说白与诗歌相结合的形式，波澜壮阔地叙述了古代藏族岭国大王格萨尔带领大众降魔平妖、抗敌除奸、保家卫国、谋取幸福的故事。史诗大约产生于公元 10世纪末或 11 世纪初叶，以后便广泛流传在西藏、青海、甘肃、云南、四川、内蒙古等地，百年来，史诗被译成德、俄、英、法、日、印度、西班牙等文，受到国际学术界的高度重视，成为特立独行的"格学"。《格萨尔》是认识藏族文化的桥梁，比世界三大史诗的总和还长，也是唯一尚被传唱的"活形态"史诗，于 2009 年列入世界非物质文化遗产保护名录，被誉为"东方的荷马史诗"。

丰富的民间资源和保留下来的文物古迹，是《格萨尔》直接而可靠的生活基础和艺术基础，以文学形式体现了藏民族独特的心理素质和审美观念。以青海玉树地区为例，流传在玉树地区的《格萨尔》是玉树地区古老文化的典型代表。这部史诗，在玉树流传的时间之久、地域之广、数量之多是任何一部文学作品不能比拟的。

玉树地区的抄本，在众多的抄本之中是很有特色的一种。藏区的群众一般都知道玉树二十五族嘎鲁写的本子。其特点是散文部分用草书书写，韵文部分用乌米体书写，人名及唱词前的"六字真言"用红色字书写。本子抄写工整，字体优美。他们以抄写《格萨尔》为生。那时，一本《格萨尔》的抄本可以换取一头牦牛。他们一般借本子来抄，有时也将一些有名气的艺人，请到家中来记录，抄出的本子，有的还配有插图。目前，这一抄本世家已传至第四代。

玉树的藏族群众非常喜爱《格萨尔》，说起部数和内容便如数家珍。他们把格萨尔作为神来敬奉，把史诗抄写的本子视为吉祥神圣的东西，每当说唱《格萨尔》时，艺人们就会用本子在每个人的头上放一下，以示格萨尔已赐予吉祥。

在玉树，有关《格萨尔》的逸闻趣事和名胜古迹很多。

《格萨尔》中有许多地名是实指的，在众多实指的地名中，有一部分就在玉树地区。玉树这个名称的由来，是因为格萨尔王妃珠姆的出生地的"遗址"而得名，可见它与《格萨尔》有着千丝万缕的联系。王妃珠姆常常赞美的家乡实际上就在今治多县境内。在今治多县城后边，有几个不起眼的土堆，据说就是珠姆父亲嘉洛·顿巴江粲的虎峰宫的遗址。县城以西 5

玉树笔记

公里外的山上，还有珠姆未嫁时经常沐浴的温泉和游玩的金水湖、法螺湖、松石湖等，其周围是嘉洛家的马场和夏季行宫的下帐处。

现址位于巴塘乡东扎隆沟的仁钦楞寺，据传故址在川、青、藏三省区交界的长江右侧、嘎哇仁钦措周的下部和丹麻十八宗的上部地方，属萨迦派，初由文保仁钦坚赞创建，至今已有700多年历史。据传，唐文成公主进藏时，途经此地，曾在现在寺址下方3公里处修建了一座叫"切丁文巴"（亦名"嘉斯切丁"）的佛塔，后从塔中生出一株茂盛的松树，元代，八思巴（1253—1280）曾到该寺，赐赠卜扎护法神的面具和传说格萨尔大将贾察的马杈子、后鞘等。

有着1000多年历史的达那寺与藏族古代英雄格萨尔的名字紧密相连，故又名"岭国寺"，寺内存放着许多传为格萨尔及其部将的遗物。过去，寺内叶巴经堂右下处为格萨尔经堂，堂内靠东墙中间塑有9米高的格萨尔像，其部将吉本和贾察像分列两侧，格萨尔塑像前供放着传为格萨尔和贾察的宝刀；南侧供放着珠姆的各式腰带，其中最珍贵的有海螺腰带；墙上挂着传为格萨尔及其20员部将的武器、盔甲、衣服以及第九、十世噶玛巴活佛献给格萨尔塑像的内地锦缎哈达；西墙门楣两

英雄所到之处

侧则塑有珠姆及其妹妹乃琼的身像，墙上挂着传为贾察从内地运茶所用的虎、豹、熊皮。另外，在叶巴经堂的另一小殿中还供放着传为格萨尔念诵的"帕本"经卷。寺院所在达那山西面的龙保山，山顶群石林立，上有传为格萨尔及其部将的墓葬塔，均为噶当派塔形，上镌各色名号，惜因风化雨淋、岩羊舔蹭，字迹已难辨认。一些塔内，有大小不等的泥制塑像，一般有四种，最大者白色，次为浅红，再次为深红，最小者为黑色。泥像上均印有近似"六字真言"的梵文。由于历史原因，该寺现仅存传为格萨尔的毡帽、盾、头盔、战甲残片和经卷残页以及珠毛海螺带上的拇指大的白螺 30 个和部将丹玛、囊鄂的少量遗物，另有传为格萨尔时期使用的武器 3 把，名为"朝顶念莫肖舟"，各重约 50 斤。

觉让寺，亦称"觉拉寺"，位于今觉拉乡政府所在地，由巴绒噶举派隆热帐巴坚赞初建于 14 世纪。觉让寺是玉树地区古老的 18 座巴绒噶举派寺院之一，是出名的政教合一寺院。该寺初建，得到巴绒噶举派创始人达玛旺秋的弟子直希热巴的授意和第一代囊谦千户贡巴阿吾的支持。直希热巴曾任西夏帝师，声势显赫，一度住觉让寺，并圆寂于该寺。寺内一直保存着作为权力象征的直希热巴印章。囊谦千户家族分为囊谦家和丛洒家两支后，丛洒家的众多兄弟常住觉让寺，该寺从此成为玉树地区巴绒噶举派僧人的活动中心。该寺第六世活佛巴热求鄂赛主持寺务期间，明朝册封巴热求鄂赛，赏戴白黄色翎冠，白色代表政，黄色象征教，即授权管理政教，准其乘骑和帐房上部均可置顶。从此，觉让寺成为政教合一的寺院，管辖觉让部落和今杂多县昂色乡的杂结、保热，以及囊谦县的香达、玉树市的格强玛等地区。觉让寺在历史上颇有名气，寺内佛像、法器、经卷甚多。其中，忽必烈赐给隆热帐巴坚赞的佛陀12岁等身铜像、明廷所赐白法螺、十八部黑纸金字大藏经、用象牙精雕的金刚亥母像、以直希热巴心舌眼装藏的塑像以及传为格萨尔使用过的"直藏楞那响"宝刀等，一直被视为最珍贵的圣物而受到供奉。

二、流传区域与传承形式

岭国格萨尔大宝王，

你是空行母心爱子，

你是莲花生一化身，

你引渡众生是上师，

你降伏敌人是英雄，

你保佑百姓是君王，

你镇压强梁济弱小，

你心无亲疏是太阳。

《格萨尔》的传承形式决定了它的流传区域。史诗的传承以说唱艺术为主体，不断地加入说唱艺人的个性化色彩，在民间文学的发展之路上提供了一个巅峰的范本。

《格萨尔》结构宏伟，内容丰富，卷帙浩繁，在青藏高原及外围地区长期流传、演变中，不断得到丰富和发展。在史诗的流传发展中，那些才华出众的民间说唱艺人，起着巨大的作用，他们是史诗最直接的创作者、继承者和传播者，是真正的人民艺术家，是最优秀、最受人民群众欢迎的民间诗人。

说唱艺人的表演形式灵活多样，很少受时间、地点和条件的限制。这些艺人常常云游四方，到处流浪，心胸开阔，阅历丰富，熟悉各地的风土人情、民间传说、山川地理。虽然很多艺人有着非凡的艺术才华，但他们在过去的社会上的地位是很低的，生活贫困，命运悲惨，靠说唱史诗换取报酬，养家糊口。

说唱艺人有很多种，最主要的有："巴仲"，即神授艺人。艺人大多有小时候做梦或得病的经历，在梦中或在病中得到神授，从此成为神圣的"巴仲"说唱艺人。"推仲"，意思是听来或学来的故事。"酿夏"，意思是自然显现，从心底里突生出来。

《格萨尔》中的说唱包括两个方面，即朗诵剧情的解说部和人物独咏长诗的歌唱部。

玉树地区现在演唱《格萨尔》的曲调据说有一百零八种，这些曲调都适用于特定的人物在特定的环境下的特定心情，对刻画人物形象、塑造人物性格有一定的作用。各种人物都有一个或数个固定的音乐曲调，如格萨尔使用的曲调，就有"神音六变曲""长寿不朽曲""英雄缓慢长音""恩威服众曲""无障金刚曲""压服敌人曲""三千世界吃肉喝血曲""杜鹃远曲""猛虎闪电曲""敬神曲""待人曲""非人曲""鸟儿曲""骏马曲""婴儿曲""少年曲""青年曲""壮年曲""老年曲""沮丧六变曲"等 20 余支。其他凡有唱词的人物都有自己在某种环境中使用的曲调。

三、文学范畴的认同

智悲自在大恩佛，

请现化身把路引，

雄狮王你声望高，

好像雷鸣传四方，

我如南方孔雀鸟，

喜欢闻听苍龙吟。

  文学在藏族文明史的进程中起着举足轻重的作用，在文明的媒介——文字的发明和介入后，藏族文学逐渐从早期的民间口头文学中脱颖而出，更多地体现在作家文学为主体的创造上，但民间文学作为一种民族精神的象征，滋养并影响着文学的发展，《格萨尔》的文学意义尤为突出。

  世界文化犹如一株高大、雍容的莲花，藏族文化是其中一枝圣洁的瓣叶，几千年的发展，使它脱颖而出，大放异彩。藏族文化大致由宗教文化和民间文化组成，宗教文化以静态的文字形式保留了大师的真言、哲学、思辨、天文地理、医学、美学及特殊的人生观、价值观、时空观等，而包罗万象的民间文化则以动态形式更生动、更活泼、更本质地反映着藏族生活。民间生活是一部无字的历史，但却能听到、看到、感觉到，以神子降临、赛马称王、率众出征、沙场凯旋等极具民间色彩的"积木"搭建的《格萨尔》，是体现藏民族优秀民间文化的集大成者，它是一个时代的见证，是一个民族的象征，它所蕴含的诗歌、散文、谚语、格言等文学形式，铺排陈述、巧比妙喻等表达方式，智慧、勇敢、顽强、正义等民族精神，以及热爱家乡、保家卫国的民族情怀，成为一方富有营养的沃土，长期影响并滋养着现当代藏族文学的发展。

四、人物的真实与人格的完整

阿尼玛卿吉祥地，

殊胜金刚宝刹土；

黄金宝座雄狮王，

日月星辰众围绕；

森姜珠姆我献茶，

梅萨绷吉她敬酒，

祝愿岭国事业顺，

降伏四魔显神威。

《格萨尔》中的主要人物真实可信，性格鲜明，形象丰满，品格完整，有着来自生活又高于生活的文学人物本质，善与恶、功与过，可贵地传扬着人文精神的介入、终极关怀的彰显。

《格萨尔》中记述了众多的人物。据粗略统计，史诗从天界到人间，从龙宫到地狱，出场人物达3000多个，这在世界文学史上是绝无仅有的。史诗对格萨尔、30位岭国大将、18位女英雄、众多女眷，以及从事各行各业的农牧民、奴仆、医师、卦师、乞丐、流浪汉、商人、士兵等各色人物都给予了栩栩如生的描写和刻画，男人、女人、老者、儿童，从生到死，长长的人生，丰富的经历，《格萨尔》展开了一幅具有丰富多彩的个性的人物长卷。

雄狮大王格萨尔就是其中最具人格魅力的主角。他自从领受"抑强扶弱、救护生灵"的责任来到人间后，度过了淘气但具神力的少年时期，接着赛马称王、娶妻珠姆，率军东征西战，度过了豪气冲天、战事频仍的壮年时期，最后功德圆满，荣归天庭。他的一生，集荣耀、胜利于一身，史诗对他在不同状态、不同情景、不同情感、不同情绪中，采用坚毅、勇猛、刚烈、温柔、智慧、力量等不同的描述，从各方面塑造了一位活生生的英雄形象，充分歌颂和赞美了真、善、美的人生境界，并鞭笞和蔑视了假、恶、丑的反面角色。

《格萨尔》中的人物描述与人民生活和当时社会密切相关，因此真实可信，尤其是主要人物由神到人的转变，在人间的种种机遇，可贵地传扬出以人为本、以人为主的人文精神的介入，把人的理想和精神提高到生存的高度，彰显出当时藏族社会强大的物质文明和灿烂的文化传统。

玉树流传的《格萨尔》说唱调，从人物的性格（柔、刚、温、烈、稳、急等）、情感（爱、憎等）、情绪（喜、怒等）、不同状态（压敌时、聚众示威时）、不同曲调（"江河缓慢曲""紧张草率短曲""雄言虎吼曲"）等方面塑造了英雄的形象（勇、猛、智、力），美、善、可爱的形象，卑鄙的形象（两面派、轻浮、脾气恶劣等），反面的形象（狡猾、残暴）等，充分体现了玉树藏族人民对上述诸形象分别采取的歌颂、赞美、鞭笞、蔑视和否定。

五、解构历史的能力

雪山顶上白雄狮，

鬃毛丰满已成熟，

天神派我下凡尘，

领兵打仗称大王，

斩妖除魔保社稷，

扶助众生得安宁。

用烟作供酬神灵，

善神助我灭魔军。

历史的横断面和历史的延续，在《格萨尔》中得到了挥洒自如、纵横开阖的解构，展示出精彩而非凡的文学驾驭能力。

从《格萨尔》的产生、流传、演变、发展中，我们看到了这样一部记载着整个藏族记忆、体现着藏族精神、蕴含着藏族情怀的历史，这部历史因为其伟大的文化底蕴、非凡的想象能力、精彩的文学驾驭能力，而被称为格萨尔时代。

《格萨尔》丰富多彩的内容、开放灵活的结构、形式多样的说唱，使格萨尔时代从史诗中脱颖而出，成为整个古代藏族社会的缩影，集中体现了那段历史中的政治、社会、宗教、战争、文化、贸易等现象以及人们的信仰、道德、规范、观念、准则等标准。

以格萨尔这一主角为主要线索，以"上方天界遣使下凡，中间世上各种纷争，下面地狱完成业果"的发生、发展为主要事件，横向结构故事的内容和情节，纵向结构岭国疆域的传承和扩张，辉煌的格萨尔时代由此而在藏族整个发展史上增添了浓墨重彩的一笔，组成了不可分割的一部分。

六、优秀传承人布特尕

狮王救主指迷津，

我等凡人获新生，

内心深处起誓愿，

西方乐土起信心，

从今随侍大王旁，

南征北战立战功，

智者所向是天堂，

勇者所往是岭乡。

多年前我大学毕业分配到省文联工作后不久，就听说了布特尕先生的名字，那时他因为整理《格萨尔》说唱本，在格学界颇有名气，省《格萨尔》研究所还专门请他到省上，共同完成了一批整理项目。我有幸在结古两次拜访了他，布特尕先生和他儿子秋君扎西先生热情地接待了我。

布特尕先生于1934年7月出生在结古镇，是家中的独生子，儿童时期被父亲送到结古寺阿亚的私塾读书，可是一个月后因为和同学打架，就自己跑出来，再也没有回去继续学业。

他的启蒙老师是他的父亲，父亲是位藏文造诣很高的人，布特尕从小耳濡目染，了解了不少藏族的历史和文学知识，可是父亲不愿意正式教儿子，因为他认为自己一生虽饱有学问，在当时的康区算是数一数二的人物，可是生活照样清贫，并没有因为他的学问而好转起来，这一点上他持悲观态度，以自己的生活见证学问并不能帮助家用，因此不主张儿子把全部精力用在拥有学问上。

但生活还得继续，家中的生活来源主要靠父亲抄录格萨尔唱本然后卖出为生。在布特尕的童年时代，他是在父亲整理格萨尔唱本的过程中度过的。在他九或十岁时，记得父亲常常请艺人到家里来唱，父亲作笔录，他也跟着作笔录，在父亲有意无意地指导下，他的水平慢慢提高起来。

记得那时候纸张紧张，没有正规的稿纸，就用包茶叶的纸、桦树的皮等做记录。凡是能写上去字的，都用上了，大大小小，花花绿绿，有厚有薄。记录下来以后，每个都编号，以免错乱。那时候还自己做纸张，附近山上有一种花，名叫"阿加热"，有红的、白的，这种植物长得较高，有很强的韧性，把花的根子挖出来，拿回家加工成纸张，这项任务由布特尕和他奶奶来完成，祖孙二人结伴上山，为父亲带来大把大把的花根，父亲还自己造墨汁，因为那时没钱买墨汁，他们就用一种深色的矿石来研磨成墨。

布特尕小时候也非常喜欢唱《格萨尔》，原来有个邻居是大户人家，男主人特别喜欢听《格萨尔》，但有些新曲调他从未听过，就把布特尕叫来，许诺只要他学会新曲调来唱给他听，就送他一包茶叶。布特尕就到唱《格萨尔》的人家里去听，人家在里面唱，他站在窗户外面听，很快便学会了，那户人家听他唱后，高兴地送给他茶叶。布特尕小时候不但爱唱歌，也爱跳舞，那时候要交租子，租子交不起，就交舞蹈租，什么地方、什么人家需要跳舞，他就去跳，等于交了舞蹈租，粮食就省下来了。

布特尕成人后，已经在当地小有名气，他整理的说唱本思路清晰、文字干净、逻辑缜密，赢得了爱好《格萨尔》的人们的喜爱，那时候刚解放，由于学问得到大家的认可，布特尕就被安排到玉树县完全小学当老师，1958年后被抽调到部队里当翻译，后来又从部队上分配到治多县（那时新建为江那县），没过多久，玉树县完小缺老师，又把他请回了学校。这期间，一生挚爱《格萨尔》的布特尕从没有间断过自己的整理工作，《天界下凡》《英雄诞生》《赛马称王》三本书就是那时整理出来的。

布特尕1978年落实政策后，回到中共玉树县委办公室，就打了退休报告，他想一心一意做《格萨尔》研究，把余生全都献给钟爱的事业，后来被请到省文联《格萨尔》研究所，整理出版了著名的《霍岭大战》上、下册，引起了轰动，为此他还获得了文化部、中央民委、中国文联、中国社科院联合颁发的"在英雄史诗《格萨尔》抢救与研究工作中取得突出贡献的先进个人"的荣誉。

玉树藏族自治州政府在广场立起来一尊格萨尔铜像，这之前有关设计人员就曾来访问布特尕，请他帮助指导雕像的具体细节，因为他是玉树格学研究的公认专家。在他的指导下，铜像顺利完工，雄伟地屹立在了结古镇的中心。大家一致表示，这尊格萨尔铜像非常完整，人物形象、骏马形象、武器以及盔甲等，都准确地符合这位盖世英雄在文字中的描述，这是布特尕欣慰的一件事。

布特尕虽然不识谱，但记得很多《格萨尔》唱腔曲调，据他研究，格萨尔除了30员大将外，还有其余十几位大将，这40多位大将每位最少有四五种唱腔，多的有十几种，哪一个大将唱什么曲子，在什么时候、打什么仗的时候、什么战争中要唱什么，每一个都有名字，都有记录。他数下来有四十几个大将，人的形象、马的造型，人穿的什么盔甲等都进行了详细介绍，他搜集整理过的《格萨尔》唱腔有206首，目前流传的仅有192首，因此还有14首是绝版。

布特尕还有个心愿，就是希望有人能把格萨尔和30员大将的形象画下来。只是现在州上找不着一个理想的画家，虽然州上也有许多唐卡画家，但是他觉得画唐卡和画格萨尔还不一样，唐卡画家很容易把格萨尔画成一位神，又回到了神话风格中，他认为这种感觉是不对的，应该把格萨尔自己的特点画出来，还原他的历史真实性。

采访布特尕先生时，他正在整理两本书，一本是前面提到的《格萨尔曲谱》，另一本规模更加宏大，书名为《英雄诞辰史》，讲的是古印度有八十四位得道者，法力非常强大，先后来到藏区，转世为大将，帮助格萨尔完成驱魔降妖的大业。这八十四位大将要一位一位来写，不但要写他的前生后世、来龙去脉，还有他的护法神、坐骑、衣着、武器，浓墨重彩地写出他们的个性，以及每一场战争的详细故事。这个唱本是从没有人整理过的，其难度可想而知，如果顺利写出来，将是一部旷世巨著，字数竟然达到 2000 多万字。他说，现在年龄大了，精力不济，但在有生之年仍然要完成很多计划，如果做不完的话，也没关系，他可以整理好，他的儿子秋君扎西还可以接着做。总之，他就是希望把《格萨尔》说唱本做成一个完整的系列，包括所有曲调和人物形象，以及战马的形象、颜色、鬃毛的光泽等，都要有详细的记录，为后世留下一个清晰全面的文本。

七、神性文化与诗性表达

唐古拉的旷野，

天高云淡，

光明中诞生的壮丽大地，

曾经写下这样的长卷：

英勇的格萨尔，

黑暗中的闪电，

骑着枣红骏马，

拉响手中弓箭，

率领正义兵师，

实现天神预言。

英雄所到之处，

一马平川，

旗帜下诞生的龙虎兄弟，

曾经立下这样的誓言：

英勇的格萨尔，

永在我们中间，

披挂千年骄傲，

举起雪域山巅，

莲花美轮美奂，

世界不再平凡。

格萨尔的故事到处流传，

我们身后的草原会越来越宽；

格萨尔的故事到处流传，

我们眼里的蓝天会越来越蓝。

　　诗意，是一个民族对待人生、生活和未来的乐观态度，是一个民族驾驭语言能力、想象能力的具体体现，具有顽强生命力的藏民族向善、向美的心理和丰富的语言沉淀，凝聚成为诗性的审美眼光。史诗中的神性色彩在绚丽的诗意表达中，呈现出雄伟壮美、智慧神奇、博大精深的文学特征。

　　屹立在世界之巅的青藏高原，"雪山犹如水晶之宝塔，低湖犹如碧玉之坛城"，几乎每座山与湖都被赋予了神圣的职责，司有地方的人丁吉祥，财畜兴旺。每当途经山头或湖畔，必得下马脱帽，抛撒风马纸旗，以示敬意；民间更有祭山祭湖的规矩，特定的山与湖都有特定的祭祀日子，司山之神以男性居多，司湖之神以女性居多。自古以来，人们为祭祀搭建的经幡与桑台难以数计，当那特殊的日子来临时，桑烟浮动，人涌如潮，风马纸旗满空飞舞，仿佛一片片通向高洁世界的灵光，蔚为壮观。

　　在这里，人们崇敬、畏惧、信仰，为娱神而谱写诗篇，传扬神话。所有的节日都与神有关，所有的欢乐都要敬请神的莅临，当然，所有的痛苦也会求得神的禳解。神与人同在这一片蓝天白云之下，互以慰藉，互以生存，神性由此美丽，人性更得彰显。

《格萨尔》中的各位人物，出生并生长在这片神奇的土地上，劳作、收获、繁衍，世世代代，把生存的经验和生命的福气一辈辈传承下来，尽管生存之路举步维艰，但伴随在道路两旁的奇迹之花却通过诗意的表达畅然地绽放开来，它便是那劳动中的歌声、赞美、乐观和信仰，更重要的是还有一颗等同于神的慈悲之心，它所眷顾之处，森林蓊郁，河流清澈，牧场丰美，农田肥沃。在青藏高原，神性使生存变得富有诗意。

这是个神性世界。但是人类的慈悲比神更显具体、更显灵性，它灵动地穿行在对待孩子、对待爱侣、对待亲友以及对待陌生人的眼神和态度中。慈悲使人具有了神性，成为另一类神，在某种意义上，普通、渺小但却始终不渝地眷顾他人的人，终将成为一道令人敬重的风景。

《格萨尔》带给后人的勇气、坚强和正义，使千余年来的青藏高原持久地拥有着生存的力量，使活着的人懂得了慈悲、珍惜和捍卫。我们欣赏并坚持着这样的民族命运。这命运是命定的，又不被命运所左右，她终能站在高高的山冈上，看到、听到、感觉到自己。这便是超越人生态度和物质世界的大自然、大法则。

野血烈焰

一

这是一个冰雪覆盖的世界。

在青藏高原，在地球的第三极，唐古拉山脉与昆仑山脉仿佛巨神张开的臂膀，环抱着发源了长河、黄河、澜沧江的广袤大地，各拉丹冬与周边终年冰雪皑皑的雪山群落一起，蕴养了冰川发育出的中国第一大河。正源沱沱河、南源当曲和北源楚玛尔河组成了长江源头水系区，当地人把长江上游称作"治曲"，意为母牦牛河。

在“红色之河”楚玛尔以北、昆仑山脉玉珠峰绵延的南麓之间，热嘎老人的牛毛帐篷驻扎在海拔4700米的山凹避风处，背依杂日尕那山峦，四周是一望无际的雪原。这里是他家的冬季牧场，他与儿媳德格措，孙子索南扎西、尼玛才仁和孙女妩彤一起，已在这里生活了20年。

正是藏历十二月最冷的时节，气温常常低至 -30℃，在暴风雪的涤荡中，看似生机渺茫的三江源头，却蕴藏着无穷的宝藏——珍稀动物和飞禽在凛冽的空气中游走或振动着翅膀，大小湖泊涵养着这方被称作“世界四大无公害超净区”之一的中国生态屏障系统，这是世界最后的净土，也是体格硕大的野牦牛的原生乐园。

如今全世界野牦牛仅存大约15000头，它们顽强地生存在历来被称作“牦牛发祥之源、羚羊繁衍之地”的青藏高原腹心区域。野牦牛的基因价值对于热嘎老人来说堪比昂贵的黄金和宝石，是大自然安排到这片土地的最好礼物，与他一家相伴而生，意义深远。野牦牛的体格比家养牦牛大两三倍，体质在千百年的进化中更是获得了适应高寒缺氧的非凡能力。尤其在与家养牦牛交配后，可以培育出更优良的后代，这种聚合了两者优秀品质的牦牛，抵御高寒、抗御疾病的生存能力都极其顽强，当地人自豪地称其为"野血"。

想当年，热嘎老人第一个搬到杂日尕那山区，以他的傲骨支撑起这座独立于世的帐篷，一家三代人在野血的培育上投入了所有的热情和精力。可以说，他们选择了自然，同时自然也选择了他们；他们选择了牦牛，同时牦牛也选择了他们。

在漫漫历史长河中，牦牛这种世界上生活在海拔最高区域的大型哺乳动物，与牧人如影相随，形成独特的依存关系，为牧人带来生存和生计的保障、生机和美好生活的希望。牧人离开不牦牛，两者在这人类生存极限的环境中成为生命共同体，与自然和谐长存。

热嘎老人一家的生活完全是靠牦牛支撑起来的。牦牛是他生活所依、生命所托的唯一。牦牛为他们带来食物，每天清晨星光还未散去的时候，德格措就开始了一天的劳作，她要挤牛奶，准备以奶茶、酥油糌粑为主食的早餐；牦牛也为他们带来温暖，牛毛织成的帐篷中，牛粪燃料为一家五口人的冬季生活提供了基本的保障；牦牛更为他们带来健康，带来战胜疾病和寒冷的力量。

在古老传说中的三江源

神圣的牦牛是大地的祖先

智慧的双眼化成了日月

日月从此明亮高悬

英雄的骨骼化成了高山

高山从此雄壮连绵

柔软的披毛化成了草原

草原从此壮丽辽远

浓烈的血液化成了江河

江河从此浩荡千年

你的名字是我的摇篮

因为我已与你血脉相连

你的力量是我的尊严

因为你已为我义盖云天

你的繁荣是我的心愿

因为我要与你永葆家园

所以照顾牦牛是牧人的头等大事，索南扎西、尼玛才仁弟兄俩的日常工作就是紧随牛群、寸步不离。天地苍茫中他俩熟练地使用着牛毛编织的"乌尔朵"，这种兼具抛石和响鞭功能的工具，仿佛延伸的手臂，可以较远距离控制牛群的方向和速度。但管理300多头的牛群绝非易事，尤其高原冬季的气候瞬息万变，突如其来的暴风雪迅速席卷了方圆数十公里的牧场，牛群整天奔波在狂风暴雪之中，寻找牧草更加艰难。而安全归圈、度过漫长的夜晚更是考验生命体能的时候。

现年73岁的热嘎老人通常喜欢端坐在灶火边，这是家中最显要的位置，充分彰显出一家之主的风范。他念诵着经文，孤独的背影中沉甸着经年累月的沧桑。

热嘎老人妻子早逝，他独自抚养孩子，再也未娶。那个时候经济条件差，牧民生活非常清苦，虽然家中还有几十头牲畜，但终年都舍不得宰杀食用，因为牲畜都长得瘦小，体质、毛色不尽如人意，尽管他起早贪黑勤奋苦干，可是将牲畜养得膘肥体壮谈何容易。

如今虽然孙子们担负起放牧重任，但在牧归之时，老人总要亲自查看一下。寒风呼啸着穿过人们的身体，牦牛虽然有厚

野血烈焰

实的皮毛保暖，可是怀孕的母牛和牛犊们的境况却非常艰难，风雪中的牛群经过整天的奔波已经疲倦，还需露天度过更加寒冷的夜晚。热嘎担心已有身孕的母牛是否能够平安过冬，而远方的狼嗥时时提醒着牧人：危险就在身边。

这个季节是所有动物的艰难时期，饥饿的狼群时常出现，伺机捕获老弱病残的牛羊。此时，5 只藏獒全都放开了绳索，它们是牧场的卫士，要替主人守夜。寒冷的夜晚并不安宁，不测仍然发生了，天亮后，家人发现狼袭过后的牛群躁动不安，有几头牛失踪了，还有一头脱险而归的牦牛，臀部已经受到严重撕伤。

弟兄俩走遍周边方圆十几公里寻找失踪的家牛，弟弟尼玛才仁通过望远镜发现前面的山凹顶上有秃鹫和乌鸦盘旋，连忙赶去探查，果然看到家牛倒在干涸的河床上，腹腔空空，狼群已经劫掠了它的生命。面对如此惨状，兄弟俩念诵起"六字真言"，为它超度往生，愿这慈悲的声音能够带领牛的灵魂早日获得解脱。简短的仪式后，哥哥索南扎西解下颈绳带回去做个纪念，据说所有的家牛死亡之时，牛头都朝着家的方向……

老人为失去母亲的小牛犊盖上毯子。这个冬天，热嘎家体力强壮的野血在与狼群的抗衡中取得了明显的胜利，它们中没有一头倒在狼口之下，但却陆续有 20 头家牦牛遭遇狼群偷袭而命殒荒原。在惨重的损失面前，老人无奈而又淡定，他认为狼群也需要哺育幼仔，它们也得活命，等到了春天一切就会好起来。对于牧人来说，生存于大地之上的所有生物都有着相互依存的关系，由人类、动物、植物之间互相提供赖以生存的食物，维系着物种的数量平衡和相对稳定，如果其中一种生物灭绝，必然严重影响其他生物的生存，因此尊重自然法则、顺应天意，是他们保护家园生态环境健康循环的本能观念。

千年的精神文明使牧人栖居的大地成为动物们的天堂，人们从上一辈的记忆中继承着生命平等的传统，代代相传着慈悲的信念，许多珍贵的动物和植物得以幸存下来。在三江源头，经常能够看到人类与野生动物友好相处的感人场面。热嘎老人时时刻刻都不离口的祈祷中，含有对所有生灵的祝福。

二

这也是一个充满温馨的世界。

当妩彤试穿新衣、试戴新帽的时候，辞旧迎新的时节马上就要到了。

　　热嘎老人坐在帐篷里，正在认真地缝制羔皮女帽，柔软而曲卷的纯白色小羔皮在他手里得心应手，针尖朝向自己的方向，一针一线的专注，似乎要把所有的感情都缝进去。这本是父亲送给女儿的新年礼物，然而这个家庭的男主人却是缺席的，于是爷爷代替了父亲的角色。

　　妩彤戴上这顶帽子，正在烧茶做饭的母亲微笑着望着她，眼神里尽量藏起忧伤。爷爷欣赏着自己的手艺，更欣赏孙女快乐的样子。"好看，"老人喃喃自语着："我的宝贝很好看。"

　　孙女是搬到杂日尕那后才出生的，她真正是杂日尕那的女儿，从未走出过这片山区。她有着端正的体貌、纯净的笑容，本来她是可以和两个哥哥一样在更靠近乡镇、交通方便的昂拉村长大，可是 1985 年的一场特大雪灾改变了一切，楚玛尔河流域的牛羊死亡率达百分之九十，白唇鹿几近绝迹，而野牦牛更是迁入了无人区深处。

　　热嘎老人沉痛地发现，长期近亲繁殖的家养牦牛品质严重退化，抵御灾难的能力已经非常欠缺，但倔强的老人并没有绝望，他果断地下定决心，带着剩下的唯一一头母牦牛举家向西搬迁，来到这野牦牛与家牦牛的临界线与交汇区，希望通过与野牦牛的零距离接触，自然繁衍出强壮的野血。可是辛苦奔走的儿子积劳成疾，在四年前不幸病逝。热嘎重新担负起男主人的责任，在这片洒下泪水与汗水的土地上坚守至今。功夫不负有心人，几年下来就看到了希望，野血的优势越来越明显，每当看着乌油油的牦牛归圈反刍，他总是露出心满意足的微笑。

热嘎和所有牧人一样，把牦牛奉为心中的至尊至宝，不仅体现在生产和生活中的无处不在，更是精神力量的重要象征，融化在了信仰之中。佛教还没有传入青藏高原的时候，牦牛早已作为代表着超自然能力的灵物在自然宗教以及苯教中担任着举足轻重的角色，许多自然景观被赋予神山圣水之名，著名的雅拉香波、阿尼玛卿、念青唐古拉等神山的主宰者都有牦牛化身之说。公元 7 世纪前后佛教翻越喜马拉雅来到雪域大地，收伏众多山神成为佛教护法，牦牛更加成为佛教徒心目中祛祸避灾、迎福祈祥的美好象征，在三江源头随处可见高大雄健的雄性牦牛头骨上刻着经文、符咒，供奉在山隘路口、嘛呢石堆以及房顶门庭之上。

身处于如此神性大地的热嘎一家，在每个成员的协作中，顺利完成了整年的工作任务，当然家庭成员除了五口人，还包括 300 头牦牛、700 只羊、5 匹马和 5 只藏獒。牧人们在天天披星戴月、日日辛苦奔忙的劳作中，与家畜的感情纽带非常紧密，几乎每个家畜都有名字，它们的喜好和个性会被牧人宽容地接纳。

正如一个家庭有一家之主一样，每种畜群也有头领，羊群有头羊，牛群也有头牛。热嘎家的头牛在多年前放生成为"神牛"。对于神牛来说，草原是没有边界的，可以自由自在地穿行于任何人的牧场，而人们普遍认为偷盗或者屠宰神牛是不吉利的，会背负骂名甚至到门庭冷落的地步。所以，热嘎家的神牛是老死的，但家中神牛一死，老人隐隐觉得不安，觉得某种福运已经跟随神牛而去，可是当下又没有一头合适的牛来替补。

每个家庭选择的神牛都是有一定条件的，比如要雄性的、威武壮实的、英俊勇敢的、能保护所有母畜的，双角尺寸、弯度、长度都漂亮的，脸庞端正庄严的，披毛浓密富有光泽的，等等。

就在这个当口，家中 20 头牛突然一夜之间不知所踪，心急如焚的儿子骑着马翻山越岭寻找两天两夜而未果，又不幸患上急性脑结核，不久就病逝了。老人失去了眼珠一样宝贵的独生儿子，那 20 头牛也没有找回来，真的是灾难不断啊！在那个悲伤欲绝的时刻，家中却产下一头漂亮的野血，老人一眼相中，决定将这头野血培养成头牛。而往年的神牛头骨会被取下，刻上"六字真言"，等到合适的机会送到圣地供养起来。

年终岁末，像往常一样，热嘎老人在索南扎西的陪伴下来到相距 500 多公里的玉树州府所在地结古镇，参加一年一度的新寨嘉那帮群节。这天是藏历十二月十五日，相传 300 多年前，嘉那一世道丹活佛选定这处吉祥宝地，在天降花雨、彩虹当空之时，建成了最初的嘛呢石经城，经过信徒们积少成多、岁岁年年的建设，如今展现出恢宏磅礴的气度。

人们围绕获得基尼斯世界之最纪录的嘛呢石经城，在转经、诵经、叩头中度过神圣的一天。虔诚的信仰在这种周而复始的圆形状态里完成，前世今生，轮回流转，通过世世代代的持咒诵经、积善累福，为来生做着积极的准备。

热嘎爷孙俩加入宏大的转经队伍中，和所有佛教徒一样，他们以顺时针方向围绕经城而行，念诵经文，转动嘛呢经筒，感恩平安度过的一年，为即将到来的新年祈福，更要为逝去的儿子祈祷——儿子已经离去四年，这期间的千言万语和刻骨铭心的思念，都化在一圈又一圈沉默的脚步中。

大大小小的石头上的经文以"六字真言"居多，这是观世音菩萨心咒，据说能化解一切烦恼，帮助人们关闭六道轮回之门，往生清静刹土获得解脱。人们日复一日地凿刻着"六字真言"，年复一年地念诵着"六字真言"，这25亿块的石头上，有多少人的苦痛和泪水掩藏其中，又有多少人的喜悦和希望寄托其上。

石头是大山的筋骨，开凿取之，虽不能言，但刻上文字，就仿佛有了灵魂，热嘎老人爷孙俩请石匠精心镌刻上经文，涂抹上珍贵的酥油，连同神牛头骨，敬献到石堆上去，代表着诸佛菩萨的慈悲和加持的文字汇聚在茫茫25亿块之众中，犹如大音希声的信仰交响曲，回荡在天地之间。

菩提树下，

智慧观照，

一切生命的生死流转，

皆因缘起于各自的因果。

在"地有八瓣莲花、天有九顶宝幢"的吉祥之地，

清风拂过宽广的草原，

仿佛捕捉着人们的梦想。

时光之花绽放，

岁月之果盛开，

感恩美好生命，

感恩情深义重的玉树大地。

爷孙俩转完经、完成夙愿后，在农贸市场商贩热情的指导下购买了足够一年食用的糖果蜜饯，返回远在牧场的家。傍晚，温暖的牛粪火燃起来，迎接了这个家庭的团圆。

德格措带着孩子们扫尘除秽，帐篷上冻结的冰霜要用棍子敲打才能清除，牛粪墙上点缀了新的吉祥图案，花样繁多的藏式点心也准备妥当。

新年的第一天，德格措和妩彤4点钟就起床了，早就准备好的水桶边沿已经粘上一疙瘩酥油，把手系上洁白的哈达。母女俩要去河边打来嘎曲——晨星水，明亮的启明星仍在天边闪烁，星光照耀着冰河，母女俩在河边燃起柏香，凿冰取水，前三勺扬到空中，答谢了上天的赐予，此时此刻的晨星水是降自天界的甘露，是雪狮纯净的乳汁，提回家首先敬献佛祖，再掺入牛奶，请全家老少洗漱，祝愿来年诸事顺遂、安康吉祥。

老人带领男孩们在帐篷前煨桑，围绕煨桑台转经祈祷，然后和全家一起在佛龛前敬水、献灯，感恩神佛一年来的关照加护，祈祷新年的平安和好运。酥油灯温馨的光芒照亮了家人的脸庞，也照亮了未来的期望。

三

这是一个生机盎然的世界。

随着气温渐升、大地回暖之时，楚玛尔冰河开始消融，黑颈鹤从北方飞来，各种水鸟来到水边嬉戏，阳光灿烂、万物复苏，姗姗来迟的春天把温暖带给高原，也带给与这片土地共存的芸芸众生。

很久以前，这片土地的主人是野牦牛，它们曾经在这里自由穿行，见证了高原的隆起、古海的沉落，见证了剧烈的地壳运动形成的崇山峻岭中，数百种温带植物含苞待放，迂回曲折的大江大河里，不同属的鱼类在演化繁衍。它们见证了大自然的神奇力量，这力量让许多动物和植物交替诞生，欣欣向荣、繁衍不息，却最终灭绝，这力量也让大山大河此长彼消，岁月剥蚀，沧海桑田。

作为仅存于青藏高原的大型动物，野牦牛的生存之道充满了智慧，那就是低下骄傲的头颅，向大自然致敬，与大自然共荣。

因此，当藏族先民出现在野牦牛的疆域时，它们宽厚的胸膛和仁慈的眼眸包容了人类最初的猎捕和驯养。藏族先民在采集狩猎、饲养游牧的漫长历史进程中，与牦牛结下了不解之缘，他们成功地移植了野牦牛的生存教训和经验，在敬畏自然的同时，敬畏和崇拜着野牦牛。

热嘎一家在这个春天又准备迎接新的家庭成员。产仔期的到来，犹如温暖的阳光，给高原带来新的希望。

此刻漫步在广袤牧场上的牛群中，有50多头母牛怀着身孕，它们将在这个月内陆续产下幼仔。由于去年夏季野牦牛入群情况良好，家牦牛的怀孕率提高了很多，热嘎老人布满沧桑的脸上终于有了喜悦的笑容。他把两个孙子的辛苦看在眼里，但并不在语言上表达什么。玉树谚语说：男孩13岁后要自己拿主意别咨询父亲，女孩13岁后要自己干家务别讨教母亲。

索南扎西兄弟俩早已成为爷爷和母亲的得力帮手。

产仔的过程神圣而漫长，新的生命诞生，野血牦牛第二代的成功繁衍，预示着给这个家庭带来了新的福报。

收获的季节里阳光也洒下黄金的光线，

空气中弥漫着醉人的芳香，

天人合一，

相生相合，

草原在歌唱，

生命在舞蹈，

喜悦是昨日的结束，

遵循大自然的法则，

必然仁慈，

明天将又是一个崭新的开始。

脸庞上的笑容，

秀姿中的明媚，

神采飞扬，

婀娜欲舞，

快乐的源泉正在涓涓流淌，

玉树笔记

收获因付出而显得弥足珍贵。

　　高原的早晚总有春寒料峭而至，即将临盆的母牛需要格外的照料，执拗的热嘎老人经常亲自到牛圈转悠。从一入冬到初春的每个夜晚，爷爷都带着两个孙子为牦牛补饲，尤其是去年的幼犊和怀孕的母牛，拥有充足的食物才能保证它们的健康发育。兄弟俩话不多，但非常孝顺，大多数时候都拒绝爷爷的帮助，独当一面地完成补饲任务。夜里的繁星陪伴着他们，牦牛们的咀嚼声陪伴着他们，高原上的男子们早早承担起了家庭责任。

　　天刚亮时，牛群在依然冷凉的晨风中开圈出牧。平均寿命21岁左右的家养母牛大约在三四岁时性成熟，一般受孕年龄在四岁到十七八岁。经过大约260天的孕期，就有了临产前的表现，一会儿侧卧，一会儿又站起来进食，不停地补充能量，以保证幼仔产出后及时哺乳。不久，一个个新的生命终于从母胎中脱颖而出，它们第一眼看到的世界，就是母亲眼神中的温柔和静美，第一次感受到的味觉，就是母亲温暖沁甜的乳汁。幼仔的气味和声音是与母亲交流的重要途径，每当听到孩子不同寻常的叫声，母亲总会第一个奔向前来，保护孩子。此时此刻，母性的光辉照耀着这片离天最近的地方。

一头 4 岁半的母牦牛第一次当妈妈，没有舔食胎衣的经验，只是下意识地用牛角帮助孩子站立。它还不适应喂奶，焦虑和不安困扰着它，德格措轻柔地抚摸着，把白色的羊毛系在它的脖子和尾巴上，以示吉祥和福运从此与它相伴，当酥油涂抹在它的犄角和乳头上时，它终于安静下来。德格措一边挤奶一边唱起古老的挤奶歌：

洁白的牛奶像大海，

酥油曲拉堆成山，

年轻的母牛不离群，

后代如河不断流……

歌声传递着温柔的祝福，安抚了年轻母亲的情绪，也缔结了人与牛之间亲人般的契约。

还有一头真正的雌性野牦牛，今年已有 8 岁。由于上次生产后，主人将它的幼仔作为种公牛推广到了邻县，这使得它在这次生产过程中充满了警惕。它白天离群把自己藏起来，傍晚又回到牛圈漫游，似乎在迟迟推延着生产的时间，一直到 21

天后的深夜，在人们不经意之时，突然快速产下幼仔。这是人们第一次近距离观察到野牦牛产仔的完整过程。

披着星光的野牦牛妈妈寸步不离孩子。翌日清晨，虽然脐带还没有完全脱落，但小牛已经活蹦乱跳地跟着妈妈来到牧场。在这个快速适应生存环境的小家伙身上，生命得到了延续，基因得到了传承。

热嘎老人在这个春天获得了意外的收获，他家的野血牦牛中，有两头母牛产下双胞胎，他把这当作上天的恩赐，是吉兆，是鼓励他继续努力的奖赏，他家今年总共获得 60 头小牛犊，而且百分之百都是野血。

在这大山浩荡之境，大批野牦牛也回到固定的产仔地产仔，在公牛的护送下，母牛们会选择杂日尕那山区人迹罕至的沼泽草场，山陡坡险、地势险要之处，才是它们最安全的地方，能起到保护幼仔的作用。选择秘密产仔地是天下所有生命繁衍的权力。

通常情况下小牛犊出生在哪里，哪里就是永远的家园。母牛产下新犊后，会在尽可能短的时间内舔食干净黏液和胎衣，一方面帮助孩子取暖，一方面消除气味，避免猎手闻风而至。新犊出生 10 分钟后就可以跟随母亲奔跑，充分彰显出这种生命种群的顽强和耐力。

血管里流淌着野牦牛血液的后代们，也在热嘎的牧场上活蹦乱跳、追逐嬉戏，在游戏中完成认知同类、认知自然的幼年生活。牦牛具有生长前快后慢、哺乳期增重快的特点，2 岁以前可完成 89% 的生长。它们初露锋芒，双角虽然还没有长出，却已经顽皮地开始向玩伴挑战，谁能够与之争锋，谁就是未来的王者。

这些春天降临的野血孩子们虽然都有各自的母亲，但它们还同时拥有一个共同的妈妈，那就是这家的女主人。性格温良、任劳任怨的德格措每时每刻都处在忙碌的工作中，每天天不亮第一个起床，生火烧茶、挤奶做饭，拣牛粪晒粪饼，磨糌粑打酥油，做酸奶晾曲拉，还得抽时间用牛皮制作皮囊、皮绳、皮衣，用牛毛编织鞭子、马具、帐篷，一直忙到天黑最后一个睡觉。帐篷前排列整齐的牛粪墙是她勤劳的见证，灶火上永远温暖的茶饭是她爱心的无言表达。她为家人安排的生活都与牦牛息息相关，她疼惜牦牛，就像疼惜自己的孩子一样，因此在她看来，

玉树笔记

牦牛身上产出的每件东西都必须物尽其用，绝无浪费的道理。

四

这也是个信守诺言的世界。

迁徙、转场，回到往年同一个季节里住过的地方，仿佛是和大自然签订了一份承诺书，在这里生存的无论是动物，还是人类，自始至终都信守着这个约定。

产仔期过后，雪域高原上最大的哺乳动物野牦牛开始了春季迁徙。它们出没在山谷中寻找溪流和沼泽，纯黑的披毛在阳光下闪现着棕红色的反光，魁梧的体格使它们几乎没有天敌，而那对巨大的犄角仿佛凶猛的武器，时刻警示着不期而遇的危险。它们可以灵巧地翻越崎岖的山地，强大的肺活量早已适应高寒海拔的生存环境。

野牦牛食草也很有规律，有固定的饮水地点，天刚亮就在草场上食草饮露，傍晚再食，白天总在地势险峻的地方巡视，观察危险，躲避灾害。方圆200多公里的区域里，留下了它们神灵一样的身影。

野牦牛群迁徙能力特别强，对自然灾害有非常敏锐的预感，尤其发生特大雪灾时，食草被大雪深深掩埋，所有牲畜都吃不上草的时候，野牦牛群就会从人们视野中突然消失，谁也不知道它们去了哪里，等到来年春天，它们又会神奇地出现。

野牦牛跑起来不是很快，大约每小时四五十公里，但它们后劲十足，可以连续匀速地奔跑好几个小时。人迹罕至的高山大峰和荒漠草原是野牦牛的家园，它们强壮的四肢不畏严寒，坚硬的牙齿采食能力更强，粗粝的被毛既可以遮风挡雨，又适合爬冰卧雪，它们有着异乎寻常的耐苦、耐寒、耐饥、耐渴的本领。

初春的草原充满着勃勃生机，杂日尕那山区不仅是野牦牛的天堂，也是其他动物的乐园。几乎就在同一时间，仿佛大自然一声号令，野牦牛开始了春季迁徙。与此同时，野马成群奔向远方，藏羚羊轻盈地掠过河谷，机警的雪豹隐退到石山背后，红狐烈火一样的身影渐行渐远，笨拙的野熊偶尔露出峥嵘，而狼群也消失在黄昏的沼泽边缘。

在三江之源、万水之宗，千百年来牧人也同野牦牛一样逐水草而居，迁徙不仅是一种本能，更是他们生存的宝贵经验。

江河有情，

天地有仁，

牧人有信。

漫长而艰辛的转场，

是一部宏大的史诗。

他们眼神干净炽烈，

永怀赤子之心，

他们日出而作，

日落而息，

与大自然默默地坚守着彼此的承诺，

他们奇崛粗犷野性灵动，

风雨同舟不见不散，

世世代代守护着这片生机盎然的神圣之地。

随着季节的变化，热嘎老人一家要转移春夏草场放牧，这种四季轮牧的方式，既保证了牛羊的食物充足，又减轻了放牧对草场的危害，使得每季草场都有了植被的恢复和休养期。转场有一定的时间、顺序、路线，相距约15公里的牧场，对拖家带口的拉嘎一家来说还是比较远的距离。亲戚朋友们相约来帮忙，准备工作有条不紊地进行着。

男人们搬运装在牛皮口袋里的粮食，女人们打理炊具和其他生活用品。牦牛毛编织的袋子、绳子等工具物尽其用，所有物品在家人的同心协力下全都顺顺当当地驮到牦牛背上。

热嘎家的这顶牛毛帐篷只有大力士才能搬得起来。通常每头成年牦牛的牛毛牛绒产出1.5斤，捻成毛线需要100天，编织帐篷需要30天，缝合起来需要50天，整顶帐篷有430多斤的重量。

这是个吉祥的日子。新的牧场在召唤着牧人，热嘎几家人的牦牛群加起来有近千头，几只藏獒在队伍中跑前跑后，帮助照料，它们不仅是帮手，也和牦牛一样，是这个家庭的亲人和朋友，它们被牧人称作牦牛的保护神。浩浩荡荡的队伍穿越草原，穿越河谷，向着更高、更远处进发。

野牦牛的识途本领非常高强，这种基因无疑全部传承给了第二代野血。

一个邻居的故事就说明了这种基因的顽强。他曾把几头野血牦牛装在卡车上去西藏卖牛，卸车时一头公牛逃脱。等主人15天后回到家时，公牛已经独自跨过雪山大河，走了200多公里安然到家。

　　所以在热嘎老人的眼里，它们看上去虽是动物，但却是像神灵一样的存在。

　　他的一生中，从没有听到老一辈牧人说过野牦牛群能得上传染病，更没有亲眼见过野牦牛死于传染病的尸体，它们抵御疾病的能力简直堪称传奇。传说，野牦牛在耄耋之时会选择离群索居，独自走向最后的终点，至今没有人确切地看到过野牦牛的死亡。它们的死亡地点非常隐蔽，它们选择有尊严地死去，鲜有人类见到过它们自然死亡的尸体。

　　转场的第二天却遭遇大雪纷飞。

　　牧场一下子又回到了寒冬季节，寒流就像一片冰雾，漫天遍野席卷而来，牦牛的口鼻边刹那间结起了冰霜。一片雪原中，牧人表现出强韧的一面，他们融化在牦牛群中，与牦牛同呼吸、共使力，他们仿佛也是一头头没有长角的野牦牛，强韧憨厚，心怀慈悲，这一刻，他们就是可以为牦牛尽命的朋友。

这些高原之舟踩碎冰凌、登上最后的山垭口，夏季牧场所在地杂日龙雅已经在望。小牛犊努力跟上队伍，它们挺过了平生第一场暴雪的洗礼、第一场冰霜的浸润，经历暖阳的照耀和寒夜的坚守，已经成长为勇敢的追随者。

牦牛毛此时派上了用场。热嘎用它做成简单的预防雪盲的眼镜。他家还曾用野牦牛的尾毛做成颈绳，拴在小牛犊的脖子上，能起到防病、抗病的作用。

绿度母的旗帜在转场队伍中高高举起，这是救度苦难、护佑众生的旗帜，是牧人坚守信仰的旗帜。他们话少，沉默，在寂静中艰难向前，渐渐和谐地融入同样寂静的大自然。远远望去，风雪中的人、动物、自然三者合一，彰显出生命的尊严与生存的自在。

五

这是一个人神共居的世界。

新家搭建在海拔4800米的山腰上，面朝一座名为"措加霍"

的碧绿湖泊，三面群山环绕，远方的玉珠雪峰清晰可见。

　　在热嘎老人心目中，这片杂日尕那山区是块吉祥宝地，不仅因为牧草营养价值高，牲畜都个头大，体质强，远远超过周边其他地方，还因为野牦牛创造了这方世界，人们也创造了关于牦牛的神话。

　　在藏族古老的苯教传说中，当宇宙间第一缕阳光照耀到冈底斯神山之时，世界上就出现了第一头牦牛。藏族民间古代歌谣《斯巴宰牛歌》记录了世界形成皆为牦牛身体所赐：

　　　　斯巴宰小牛时，

　　　　砍下牛头放哪里？

　　　　我不知道问歌手；

　　　　斯巴宰小牛时，

　　　　割下牛尾放哪里？

　　　　我不知道问歌手。

　　　　斯巴宰小牛时，

　　　　剥下牛皮放哪里？

　　　　我不知道问歌手；

　　　　斯巴宰小牛时，

砍下牛头放高处，

所以山峰高耸耸；

斯巴宰小牛时，

割小牛尾栽山阴，

所以森林浓郁郁；

斯巴宰小牛时，

剥下牛皮铺平处，

所以大地平坦坦。

　　《吐蕃历史文书》中记载藏族由牦牛六部而来。敦煌古藏文文献中说："天神自天空降世——墀聂墀赞也，来做大地父王，父王来到人间。当初降临神山降多之时，须弥山为之深深鞠躬致敬，树木为之奔驰迎接，泉水为之清澈迎候，石头石块均弯腰作礼，遂来做吐蕃六牦牛部之主宰也。"在传统地理观念里，九大神山之首雅拉香波的形象就是一头白牦牛，通体白如海螺，护佑六牦牛部落浩荡而起、称雄高原，最终成就了一统雪域的霸业。

　　在尼玛扎西常常念诵的格萨尔故事中，杂日尕那是总管王荣察查干的秋季牧场。传说，有一群外乡人前来偷猎野牦牛，突然发现一座巨大的黑色牛毛帐篷横亘眼前，一位白发白须、身材高大的老人，身穿铠甲、姿态威严，他声如洪钟地喝退偷猎者，告之野牦牛是雄狮大王格萨尔的家畜，不得无礼。

还有一个传说，也说到猎人们前去偷猎野牦牛时，发现一位身穿皮袍、头戴冬帽的妇女用牛角当容器，正在给野牦牛挤奶。猎人们诧异极了，凶悍的野牦牛怎么可能允许人类有如此举动？妇女转脸一望，原来她就是格萨尔的王妃阿达拉姆，这个世界上只有她才有权力取用野牦牛奶，藏地草原上人人知道阿达拉姆的箭术十分厉害，所以猎人们吓得落荒而逃……

健硕威严的牦牛栖息在众多雪山的怀抱之中，也栖息在藏族历史、政治、宗教、科技、交通、医药以及民间艺术之中。它们的形象充满于藏族人的宇宙观念、神灵体系、图腾信仰等方方面面，成为传统游牧文化的权威代表。

盟誓制度在历代政治活动中起着重要的和平纽带作用，仅敦煌古藏文文献中就有 140 多次王廷盟会的记录，《礼记》中这样解释盟誓：杀牲歃血，誓于神也。可见在盟誓活动中，以动物作为牺牲献祭，告之于天地山川日月星辰，《旧唐书·吐蕃传》中录有当时一年一小盟、三年一大盟的记载，凡大盟时必有牦牛祭品。格萨尔史诗也记录了牦牛与政治的关系,《卡切玉宗》中生动地描述了晁同与卡切大将举行盟誓时"在牛皮上立了盟誓,并写下了永不违背的誓约"的场面。可见牦牛在藏族社会中的崇高地位,它仅用于重大、关键的盟会,彰显出牦牛与雪域民族在社会政治关系中的重要和密切程度。

宗教作为社会发展中相伴产生的文化现象,伴随着人类探索外部宇宙、认知自身心灵,继而通过修习来完善人格的整个过程中。

人们带着对牦牛的喜爱和崇拜穿越数千年时空,岁月流转,直至今日,依然能够看到神秘的藏传佛教在弘扬佛法、利益众生的漫长过程中,戴着牛头面具、身穿牛脸法裙的大威德金刚在高原稀薄的空气里缓慢起舞的庄严宝相。

在遍布于楚玛尔河两岸的古老岩画中,牦牛与人类比邻而居、息息相关,贯穿了从狩猎、驯养到游牧的全部历史进程。牦牛不仅是牧人物质生活的有力保障,更是精神生活中重要的组成部分。人们赋予牦牛神圣的地位,用图腾的形式保存在民族记忆中,甚至延伸为氏族称谓和姓氏,这些自称为牦牛后裔的人们至今仍然生存于雪域大地上。正如著名学者更敦群培在《白史》中的记述：有牦牛的地方就是藏族生息繁衍的区域。

日复一日、年复一年地生存于群山旷野之中的牧人，以简单的生存环境、简洁的生存手段、简易的生存工具、简便的生活方式，创造了丰富的精神世界。

热嘎老人和孩子们在这片人神共居的牧场迎来了夏季的到来。

全年没有绝对无霜期的高原气候多变，一会儿风和日丽，一会儿就会雨加冰雹，但7月也是热嘎老人一家最为期盼的时候，因为雄性野牦牛会如约而来，入群到家养的母牦牛群中寻找配偶。

雄性野牦牛深入到家畜中的目标很明确，它们需要的只是具备受孕条件的母牦牛，其他未成年或尚在哺乳期的母牦牛不在此例，它们会以一种特殊的嗅觉判断出来，并很快分群。野牦牛地域观念很强，入群后会带着需要的那部分母牦牛返回自己的领地。

长期与野牦牛和平共处的热嘎老人熟谙它们的习性，雄性野牦牛的平均寿命大约25岁，有的能活到二十七八岁，它们大约 4 岁时离开母牛群，进入公牛群，经过角斗称王，会依次排出位次，6 岁前后开始入群，最初授胎率不高，每年仅有 7 到 8 个幼仔，年纪渐长之后，10 岁到 19 岁达到高峰期，入群后交配成功率会更高。通常，某头雄性野牦牛第一次进入某家牦牛群后，就会相对固定下来，年年都到同一个畜群，一般一个畜群会有 10 头到 50 头不等的母牦牛。

这个特殊的季节里，雄性野牦牛一般情况下不会主动与人为敌，但在交配期间如果有人为干预，就会生气暴躁。有经验的牧人们都知道，躲避暴怒的野牦牛时，千万不能躲到山洞里，它会坚守直到你死去；也不能藏在冰缝里，它顶不到抓不到的时候，就会用舌头把对方锉皮锉骨，直到舔死为止。

在热嘎家附近，雄壮的野牦牛已经出现在目光所及之处。空气中充满挑衅的味道，任何地方都有可能成为一触即发的角斗场。它们在风中拖曳着黑色的裙毛，仿佛披挂起战斗的大氅，无畏地俯瞰着脚下这片天堂般的草原，随时准备掀起一场血雨腥风的荷尔蒙之战。

7 月底到 8 月底之间，是雄性野牦牛入群最密集的时候。果然，去年前来的十几头熟客又随风而至，它们自由地穿行在热嘎老人的牧场上，用自己特有的方式向其他公牛示威挑衅，家中的种公牛基本不敢靠近，而野牦牛之间也会发生激烈的争夺战，经过数天的较量和角斗，这片牧场上最后留下来了五头雄性野牦牛，其他的已经失去了亲近配偶的权力，只能远远地离开。

索南扎西兄弟两个在爷爷的指挥下，把母牛群赶到较为开阔的苔原上，以便于雄性野牦牛找到心仪的伙伴。此刻，家牦牛与野牦牛相比根本不是对手，在交配数量的配比上也在下风，野牦牛的配比占到 1 比 40 头母牦牛，而家牦牛只能达到一半。动物本能地遵循着自然淘汰法则，强壮的基因才能得以保留。

传说，野牦牛比家牦牛能多活九年，牙齿不行了靠牙龈活三年，牙龈不行了靠嘴唇活三年，嘴唇不行了还可以靠舌头再活三年。它们是行走在雪域大地上的勇士，是雪线之上的王者。

热嘎老人期盼的正是野牦牛这种坚韧不拔的生存力量，希望今年家中的 50 头母牦牛在来年春天都产下健康的下一代野血。

傍晚时分，牛群归来。德格措母女要挤当天最后一次牛奶，索南扎西兄弟忙着为牛犊系上绊子，而热嘎老人则要亲自清点牛羊的数字：300头牦牛、700只羊。当他的目光掠过草原的尽头时，就知道那些数字不仅仅是一种执念，而是老人一生中看到多少牛羊到来，又有多少牛羊离去的沧桑。

六

这也是一个充满感恩的世界。

在母牦牛河上游，在杂日尕那山区，从牦牛出生到死亡，一直都遵循着大自然的规律，春生夏长、秋收冬藏。牦牛与大自然融为一体，大自然如同母亲，赋予它们完美的身体和强壮的体魄。同时，它们是这片土地上人类的祖先，是兄长，是亲人和朋友，共同承担生存的艰难，共同创造财富，共同完成生命的体验。

元朝帝师、著名政治家、宗教家八思巴·洛哲坚赞创作有著名的《牦牛礼赞》，倾情赞美了牦牛：

体形犹如大云朵

腾云驾雾行空间

鼻孔嘴中喷黑云

舌头摆动如电击

吼声如雷传四方

蹄色犹如蓝宝石

双蹄撞击震大地

角尖舞动破山峰

双目炯炯如日月

犹如来往云端间

尾巴摇曳似树苗

随风甩散朵朵云

摆尾之声震四方

此物繁衍大雪域

四蹄物中最奇妙

调服内心能镇定

耐力超过四方众

无情敌人举刀时

心中应存怜悯意

热嘎老人也同大师一样，对牦牛充满了神圣的敬意和感恩，家中的衣食住行都与牦牛紧密相关，所有这一切都是牦牛给予的福报，牦牛是他家平安、幸福、健康的源泉，是他精神依怙的归宿，是他寄托魂魄的福田。

因此，他对牦牛倾注了自己全部的感情、时间和精力。牦牛轻微的动作、一声哞叫，甚至一个眼神，他都能心领神会。正因为他的精心照料，家中的牦牛产仔量和存活率才能持续稳定上升。每当佛月时，家中略有牦牛出栏的积蓄，他都要赶到结古寺参加一个与牛有关的法会，持善供养、接受加持。这座寺院坐落在母牦牛河中游河畔，是三江源头最大的萨迦派寺院，每年的佛月都会举办大威德金刚六十禳解施食法会，藏语称作"结古哲曲"。在万人空巷的瞻仰朝拜中，牛的形象由自然生物升华为文殊菩萨的化身，代表智慧和慈悲的能量，能够成就无上瑜伽的主要本尊，是诸佛事业的总集代表，是死亡的征服者，正如热罗尊者在《大威德之光》中说："一见威严大威德，凶煞变瘫武器落。"作为护法本尊之首，大威德金刚有着调伏魔军、威慑三界、持明长寿、事业广大、神通自在、不惧恶缘、忏清业障、强力超度、速断我执等九种殊胜功德；过去若要传承大威德密法，需供养许多黄金，因此有"金法"的美誉。

慈悲的热嘎也感恩大自然给予的一切。

对于热嘎来说，御寒和食物是他赖以生存的基本保障，而牦牛满足了他的全部日常需要。由于牦牛的无私奉献，热嘎一家和其他牧人一样，过着零污染、零排放的原生态生活，对自然几乎零索取、零消耗，他们不狩猎、不打渔，不伐树、不垦殖，可以说他们和牦牛一起，直接参与到了生物大循环当中，使这方世界成为人类最后的净土。

他们严格遵循千百年来的游牧文明传统，崇敬着神山，因而保存下了冰川雪峰；崇敬着圣水，因而保存下了江河湿地；维护着所有生命平等的观念，因而保留下了珍稀濒危野生动物及其重要栖息地和迁徙通道；他们认为森林草原是大地母亲的发肤，因而保留下了草原草甸和森林灌木；他们不食用鸟类鱼类，因而保护了生物的多样性……正是有着像热嘎一样众多牧人的感恩情怀和奉献精神，如今三江源国家生态公园的确立才有了良好的基础，"世所罕见的生态系统""植被类型的天然博物馆""山地生物资源的基因库""亚洲生态安全屏障"等各种发现才得以昭示天下。

经过 20 年的培育，如今热嘎老人的牦牛大多都成功地转型为野血，产肉量和产奶量都多出一倍，德格措母女每天都能挤到 40 斤牛奶，3 天集中打一次酥油，收获 12 斤，每年出售的上品酥油大约 300 斤，可以用来贴补家用。

热嘎家实际上已经成为周边方圆数百公里内的野血种公牛繁殖基地，去年出栏了 30 头 2 岁的野血公牛，隆宝、上拉秀等地的牧人慕名前来购买这种带着旷野气息的生灵。玉树州农牧局也在曲麻河乡建立起以热嘎为首的 40 家示范户，以期在全州范围内推广良种繁育和提纯复壮的宝贵经验。热嘎家还是玉树州发展生态畜牧业的"双百户"，既是养畜大户，又是经营大户，他在以草定畜、草畜平衡、科学养畜、加强防疫方面，体现了江源人以生态为命脉、以保护为前提的天然情怀。如今，玉树牦牛已经获得国家级农畜产品地理标志。

感恩自然，感恩牦牛，是热嘎老人的心愿，他决定放生。

名为"仲查"的公牛已经长出六颗牙齿，它的口粮是方圆 80 亩草场，相当于 4 只羊的食盘。当然它吃得多，挣的荣誉也多，去年在曲麻莱全县牦牛评比中获得三等奖，老人当时禁不住孙子们的请求，还用奖金给他们买了三部手机。

仲查，这头健硕、完美的野血牦牛，由于它与家人的特殊感情，热嘎一家让仲查还原到自然状态——它来源于神灵，现在重归于神灵。

因为它的身上富集着"雍"——象征繁荣昌盛的福报和好运，将由它带给这个相依为命的家庭。它将成为这个家庭的"神牛"，继承前辈神圣的职责，集中精气、灵气、福气和运气，延续富有、吉祥的美好愿景。

盛夏的游牧文化节是草原牧人们的盛会，是牧人自豪地展示自家牧业成果的机会，热嘎老人也不甘落后，和家人一起盛装出席。文化节由风趣幽默的牦牛舞拉开序幕，这种舞蹈的起源据说是在1200多年前桑耶寺建成之日的庆典上，后来作为重要的艺术形式引入藏戏，此后许多重大节庆活动中都能看到由演员扮演的牦牛身披五彩丝绸，憨态可掬地出现在会场上。

德格措母女参加了牧民服饰表演队，传统盛装在艳阳照耀下散发着夺目的光彩。她们还有一项重要任务，就是同100位女性一起，为100头牦牛挤奶，当100头牦牛奶汇集到一起时，就不是普通意义上的牛奶了，而是具有神奇医疗效果的药品，昂拉村和多秀村的牧人们要把这药品献给藏医院，让医生充分利用。

拥有2000多年历史的藏医药，公元8世纪以后流传下来的藏文文献很多，诸如《敦煌本藏医残卷》《月王药诊》《四部医典》《蓝琉璃》《晶珠本草》《正确用药图鉴》等，都有关于牦牛产品的药用功效和饮食价值的记载，角、骨骼、肌肉、血液、脂肪、脑髓、酥油、乳汁、酸奶、油脂、酪浆、肉汤、酪水、曲拉、五脏六腑、皮革、蹄、毛、粪便等二十大类皆可入药，具有消除寒症、生发阳火、滋补养生、预防保健、对症治病的作用，在人类健康和医药学实践中具有与众不同的特殊疗效。

其中关于牛角的用途曾有个广泛流传的故事。萨迦·索南坚赞在《王统明鉴》、夏札·扎西坚赞在《善说珍宝库》中记述了这样一种特殊的急救术，吐蕃第八代赞普被臣下弑杀，其王妃沦落为牧羊女后诞下遗腹子。由于早产，遗腹子生命堪虞，王妃将他放置在一只野牦牛角中抚养。他就是后来的七贤臣之一茹列吉，意为"角中出生的人"，他后来还发明了制造木犁、冶炼铜铁、烧炭、熬胶等技术。可见古时野牦牛角的阔大竟能装下一个婴儿，更说明牛角内壁有着不同凡响的营养物质，足够一位未来科学家的身体成长和智慧精进。

腼腆寡言的索南扎西和尼玛才仁也开心地出现在牦牛竞赛的队伍中，可是心爱的牦牛没有见识过这么多的人，一跑开就脱离赛道，并且急速调头回返，差点把尼玛才仁甩下牛背，弟兄俩在众人的大笑中"牛劲"上来了，整装重新出发，不拿名次誓不罢休。

而爷爷最关心的是野血种公牛评比大赛。玉树州农牧局和曲麻莱县农牧局专门邀请了畜牧专家担任评委，严格按照《青海高原牦牛种畜标准》进行评选。老人双臂架在围栏上，紧张地关注着围栏内评委们的测量过程，从牦牛的体型、体重、体质以及外貌多方面综合鉴定，经过几轮角逐，热嘎老人家的三岁"野血"从上百头选手中脱颖而出，获得了桂冠，他终于放松下来，当州农牧局局长才仁扎西把哈达和奖证、奖金交到他手里时，他开怀而笑。以这头三岁野血为首的众多优秀的种子，将被播撒到更广阔的牧场上。

你的父亲是高山大峰的儿子

人迹罕至的山巅是它的家园

长风漫卷的流云是它的王冠

寒霜暴雪的草原是它的舟船

你的母亲是天河冰川的女儿

远离尘嚣的旷野是它的庭院

辽阔无边的苍穹是它的衣衫

四季变幻的彩虹是它的妆奁

你是生命的奇迹，把福运带到了人间

你是沉默的亲人，千百年无私地奉献

你是野性的烈焰，让极地充满了光环

你是牧人的依靠，支撑着高原的信念

愿你和日月星辰一起相依相伴

守护着大地母亲永远生息繁衍

　　数千头牦牛汇聚到楚玛尔河谷地，震天动地的壮观景象令人久久难忘，殊荣加身的热嘎老人却离开热闹的人群独自走向河畔。眼前一派绿水青山，傍晚的河谷沉浸在静穆之中，仿佛亘古以来从未改变。这片高天厚土被世人认为已经超出人类生存极限，自然条件非常严酷，含氧量极其稀少。老人家厚重的呼吸撕扯着肺叶，黝黑的脸庞上有着发紫的唇色。可就在这生命的禁区，他家一住就是20年，而且仍然准备坚持住下去……

　　老人望着远方，他一定愿意与儿子分享这份荣誉，因为最初培育野血的打算是因为儿子的全力支持才得以实现的。想到儿子，正是老人心底的最痛，白发人送黑发人的伤恸，每每忆起，倔强了一辈子的老人就会落下泪来，儿子非常孝顺，与邻里相处融洽，在牧业上是一把好手，关照起牛羊来比关照自己还用心，而且头脑聪明、眼光长远，在野血牦牛的繁育上花费了所有的心思。如今，儿子的心愿终于实现了，家中退化的牛群吸收了野牦牛的灵气和野性，全都完成了提纯复壮的任务，家庭富裕起来了，孩子们未来的生活更有了保障。

一方水土养一方人，作为具有前瞻意识的新型牧民代表，热嘎老人仍然不忘传统，怀着感恩之情把一碗牛奶缓缓注入楚玛尔河，反哺养育了他和牦牛的河流。

附记：难忘江源

楚玛尔河　当我横穿你的冰凉

尚不知来自天上的大水

在晶体中缓缓凝聚

看似沉默

却已经孕育着冲裂而出的呼啸

你是所有寒冷的总和

历经坚硬的冰川法则

却也无法抵挡融水的催促

从高处向下层层推研

在低潮部分酝酿重生

仿佛能看到海洋的模样

仿佛执着溯源的激情

深藏于白银般耀眼的反光

让我们在太阳下紧闭双眼

仿佛一切瞬间成空

你当然也是所有岁月的总和

写在化石上的誓言

年年的寒冬都会如约而至

正如施舍给我们的善意

却使自己遍体鳞伤

绵长的河岸与大地合二为一

除了冰雪 空无一物

但只要打开暗流的朝向

就能听见数百种动物和飞禽

轰然而起的狂欢

大雪中你与神山相伴取暖

大雪中我也愿这样与你相伴取暖

每当液体冻结为水晶

必然复归天上

成为你指给我看的冬夜繁星

年终岁末之时，总会习惯性地自问：这一年的时间都去哪儿了？2016年，对我来说，第一个想到的，也是最重要的，就是牦牛。

一年前，好友当周先生介绍我认识了玉树州农牧局才仁扎西局长，他那天刚下乡归来，还带着疲倦的神色，但一谈起牦牛，整个人就精神焕发起来，眼睛里炯炯有光，手也舞之，足也蹈之，描绘着他脑海里的那一幅梦想的画卷，那幅画卷在他的讲述中，在当周的注释和点评下，逐渐清晰起来，原来他们要拍摄一部关于牦牛的电视纪录片，力邀我加入团队，做些文稿工作。

　　能不能抽出时间？能不能做好？在我犹豫不决时，才仁扎西局长已经替我拿定主意：就这么定了。他说牦牛是半野生半原始的珍稀动物，与北极熊和南极企鹅并称为"世界三大高寒动物"，尤其在青藏高原，与藏民族的政治、经济、文化发展有着密不可分的关系；玉树州的牦牛存栏数达到全省的 37%，是名副其实的"世界牦牛之都"，资源优势和潜在价值不可估量；而推广牦牛的提纯复壮工程，更是一项利国利民的长远良策，一头量少质优的野血品种牦牛能够体现三头的价值，不仅能减少载畜量，极大地恢复草原生态平衡，也能提高牧民收入，进而探索合作化、产业化的发展模式，实现全面小康的目标，更能减轻劳动力，把牧童们解放出来去专心读书，学习更好的技术来报效家乡，未来的游牧文明也能得以继续。同时，宣传牦牛文化，感恩牦牛精神，让全国和世界了解藏民族的精神之宝、财富之宝，扩大牦牛的资产价值和品牌效应，促进一二三产业的融合，发展牧游业，开拓更广的文化空间和产业市场……他滔滔不绝地表达着牦牛情怀，挚爱牦牛、挚爱民族传统文化的精神深深地打动了我。

　　才仁扎西局长做起工作来雷厉风行，没过几天，他就指示昂文旦巴副局长带领这个团队前往西藏牦牛博物馆学习取经，纪录片总协调当周先生、音乐创作者扎西多杰先生、主题歌创作者仁青先生和我一行人来到圣城拉萨，有幸获得牦牛博物馆馆长吴雨初先生和文史专家索南航丹先生的指教，满载着心得体会回到玉树。

此时，由摄影师郑义先生为首的摄制组也组建完成，才仁扎西局长陪伴我们进入曲麻莱与可可西里交界处进行采访。紧接着就是新年前的腊月，最寒冷的季节里，农牧局的院子里却热气腾腾，各种越野车和设备整装待发，才仁扎西局长和他的副手昂文旦巴、孔庆明、郭朝晖、杨义朋、李万业以及农牧局的同事们里里外外帮忙招呼，摄制组正式入驻片场，开始了为期一年的拍摄工作。

极地在召唤我们，牦牛在召唤我们。

曲麻河乡昂拉村一社的热嘎老人家作为州农牧局 40 户良种繁育示范点之一，在家养牦牛的劣质淘汰、异地串换、良种推广方面交出了出色的答卷，他又是第一批搬迁到杂日尕那山区野牦牛交汇地的牧民，繁育野血有着丰富的经验，因此他和他家的牦牛成了纪录片的主人公。

那条路真是漫长啊，最好的越野车也要颠簸跋涉整整一天。重复多次走那条路不仅是工作之需，也一次次成为冒险之旅，狼群公然穿过车前，引颈回望的眼神里充满挑衅，野牦牛更是在某个隘口突然出现，那霸气天下第一，简直就是一夫当关万夫莫开，汽车不知怎的就掉进冰河里，无奈地拖出汽车，只有后退另觅他路的份儿。

好不容易在傍晚赶到热嘎老人的家，我们发现这个地方没有手机信号，与外界完全失去联系，最初的不适应之后，反而安静了下来，仿佛是一个神秘的桃花源，我们与大自然相处，从最初只能听见自己粗重的呼吸、快速的心跳，到逐渐能够听到风吹过山冈、雪落在荒原，感受澄澈如洗的蓝天，繁星密布的夜晚，这里离天最近，这里也离心灵最近。

才仁扎西局长曾在曲麻河乡担任过乡长，他对这块土地的山河道路、草场牛羊了如指掌，途经之处见到牧人几乎都认识，都要下车贴脸行礼、嘘寒问暖，充满了真挚的感情，他常说他是牧民的儿子，心中深爱着牧民，关心他们的疾苦，为他们做点实事，就是自己最大的幸福。

摄制组先后六次进入曲麻莱腹地，在海拔 4800 米左右的杂日尕那山区来回奔波，走遍了热嘎老人的冬牧场和夏牧场的每条山谷，经历了 –30℃的寒风暴雪，亲见了各拉丹冬的磅礴冰川，穿越楚玛尔的红色河流，远眺噶朵觉沃的神圣之巅，我们与野牦牛零距离接触，与藏羚羊相伴而行，与野马一起奔腾，与狼群高清对视……更重要的是，我们与热嘎老人一家同吃同住，与老人一起为牛犊降生而喜悦，也为牦牛死亡而伤感，我们在牛毛帐篷和板房里感受到简朴的游牧生活，也接近了牧人内敛而丰富的精神世界。

的确，热嘎家的生活距离来自北京的摄制组成员来说，有诸多的不适应，当饮水只能从远方冰河中凿冰取水回来煮开时，漂亮的女导演李莹媛便不知道该如何完成每天洗脸洗脚的任务，城市习惯只能改变，她说有一阵甚至一个星期都忘了洗脸是什么感觉，忘了吃到蔬菜是什么滋味。这支年轻的队伍非常敬业，吃苦精神令人难忘，常常在齐膝深的大雪里一站就是一天，爬冰卧雪是必修课，连航拍器都缺氧从半空一头摔下来"牺牲"了，李莹媛作为唯一的女性，却从来没有喊过一声累，为了一个镜头，可以争执几个小时。从杂日朶那出来，看他们被烈日晒得几近脱形，摄像师赵光辉任务最重，白天拍摄，晚上还得把所有影像资料输入电脑，一年下来瘦了十斤，曾经拍摄过南极冰川的摄像师张东却在这世界第三极的地方冻伤，摄像师王伟克服严重的高原缺氧反应，也要坚持拍到最好的镜头……

从头到尾一直陪伴摄制组的昂文旦巴副局长是最辛苦的农牧局代表，他有股一得任务必坚持到底的严谨劲儿，严格执行才仁扎西局长的指示，认真保障摄制组的后勤和安全，对接曲麻莱县农牧局、曲麻河乡党委，对接当地老百姓，不善言辞的他安排起工作来却思路缜密、有条不紊，常常事无巨细、亲力亲为。他每天第一个起床生火，等房间里暖和起来才叫醒队员，督促主妇尽量改善伙食，保证营养，让摄制组无后顾之忧；查勘地形、往返采购，他在凌冰砺石中为摄制组铺平前站，没有半点怨言，汽车每次回到州上都需大修。尤其是春季产仔期时，担心拍不上镜头，半夜排班，紧盯着临产的母畜，一盯就是一夜，最长的一次盯班盯了 21 天，直到牦牛产下幼仔、拍上镜头为止。认真负责的他一直执着地坚守在工作岗位上，甚至母亲过世时都没来得及见上最后一面……

还有曲麻莱县人大常委会主任和洛松才仁副县长数次陪同，真心实意、尽其所能地帮助过我们；县司法局扎西多加副局长文史知识丰厚，答疑解惑，提供了珍贵的素材；州农牧局生态畜牧业办公室主任索南元旦，有着良好的藏文化底蕴，为摄制组翻译、介绍当地风俗；司机成林江措、多杰热旦不辞劳苦，经常饿着肚子扛着机器漫山遍野寻找最佳机位；县卫生局长江永身患重感，仍然坚持陪同团队前往高寒之地，保证团员健康安全；曲麻河乡经济社会发展服务中心主任尼达沉默寡言，但吃苦耐劳的精神却不甘人后。

县农牧局永江局长的办公室是每次过往的必停之地，他和曲麻河乡党委尕塔书记克服重重困难，精心策划组织"野血烈焰游牧文化节"，为纪录片拍摄提供了宏大的场景；其中特意安排在黑牦牛帐篷中举行的"游牧文化高峰论坛"更是汇聚了一流专家，洛桑·灵智多杰先生、吴雨初先生、宗喀·漾正冈布先生、苏海红女士等，与当地学者和畜牧工作者就游牧文化与生态文明、牦牛产业进行了深入细致的探讨，把脉问诊，寻求发展之路；还有将军画家敬庭尧先生当场挥毫，为"野血烈焰"留下了浓墨重彩的一笔。

忽然明白，这个团队不仅仅是摄制组本身、农牧局一个单位，还包括曲麻河乡的老百姓，热情周到的色吾加一家、已故老支书才周女儿女婿色南、丹增卓玛夫妇，等等，还包括玉树州热爱牦牛文化、执着弘扬民族精神的领导和干部们，州委吴德军书记多次听取纪录片进程的汇报，要求尽善尽美地呈现"玉树牦牛"这个享有国家地理标志产品的品牌,宣传好玉树的"绿色发展",确保三江源头"一江清水向东流"。也忽然明白,牦牛"憨厚、忠诚、悲悯、坚韧、勇悍、尽命"的珍贵品格,正是玉树人民特别能吃苦、特别能奉献的高原精神的真实写照。由于他们无私的协作和参与、积极的支持和鼓励,使得摄制组在横跨三年、累积达到 136 天的工作时间里,顺利完成拍摄任务,把"世界牦牛看青海,青海牦牛看玉树"的豪迈之情永远定格在历史的记忆之中。

这一年,我陆续翻阅了多种图书和资料,采访了多位牧人和种畜场职工,记录了笔记,保存了录音,碰头会、对接会、讨论会开了无数次,在学习过程中,对牦牛的自然属性、文化特征和产业发展有了初步的了解,增长了见识,体会了牧人的辛劳和梦想,能为牦牛这种温顺而又坚韧、为人类奉献一生的伟大动物写出只言片语,是我的荣幸。

这一年,我心怀感恩,我要感谢才仁扎西局长、热嘎老人一家和所有帮助过我的人,我要感谢杂日尕那山峦、楚玛尔河和冬季的漫天风雪、夏季的草长莺飞,我要感谢牧场的星光和温暖的帐篷。归根结底,我要感谢牦牛,因为这一切,都是牦牛给予的福田。